鲁迅
箴言

黄乔生 编著

人民文学出版社

鲁迅箴言

黄乔生 —— 编著

人民文学出版社

图书在版编目(CIP)数据

鲁迅箴言/黄乔生编著. —北京:人民文学出版社,2020
ISBN 978-7-02-013888-3

Ⅰ.①鲁… Ⅱ.①黄… Ⅲ.①鲁迅(1881—1936)—箴言—汇编 Ⅳ.①I210.2

中国版本图书馆 CIP 数据核字(2018)第 042131 号

责任编辑	刘	伟
装帧设计	刘	远
责任印制	徐	冉

出版发行	人民文学出版社
社　　址	北京市朝内大街 166 号
邮政编码	100705
网　　址	http://www.rw-cn.com
印　　刷	三河市中晟雅豪印务有限公司
经　　销	全国新华书店等
字　　数	73 千字
开　　本	787 毫米×1092 毫米　1/32
印　　张	8.375　插页 1
印　　数	1—5000
版　　次	2020 年 6 月北京第 1 版
印　　次	2020 年 6 月第 1 次印刷
书　　号	978-7-02-013888-3
定　　价	58.00 元

如有印装质量问题,请与本社图书销售中心调换。电话:010-65233595

目录

前言 ………… *1*

一 · 历史 ………… *1*
二 · 社会 ………… *49*
三 · 国民性 ………… *127*
四 · 改革 ………… *161*

附录 · 鲁迅生平简表 ………… **245**

前言

语录或箴言源远流长。中国古代有《论语》，后来更有禅学、理学语录；外国，《圣经》的箴言以来，有法国拉罗什福科的《道德箴言录》、美国富兰克林的《穷理查年鉴》(*Poor Richard's Almanack*)等等，不绝如缕；降至当下，精心结撰、刻意锤炼的所谓"微博体"、微信段子，正借助现代通讯手段广泛传播。

人类历史上语录的巅峰，恐怕要推中国二十

世纪六七十年代的"文化大革命"时期。对领袖的崇拜达到极致,《毛主席语录》成了全国乃至全世界发行量最大的出版物。也是在这个时期,《鲁迅语录》被大量印行。后来有人将《鲁迅语录》与《毛主席语录》同时发行当作鲁迅被政治利用的证据。利用容或有之,但等号不宜轻列。实际情况是:鲁迅去世后不久、毛泽东尚未获得全国执政权之前,就有多种《鲁迅语录》出版;"文化大革命"中,《鲁迅语录》的规模和数量要比《毛主席语录》小得多;而"文化大革命"结束、《毛主席语录》完全消失后,《鲁迅语录》仍在出版发行。

二十世纪二三十年代,有一位外国记者说过大致如下的话:中国有两个半人最了解中国,一个是鲁迅,一个是蒋介石,半个是毛泽东。了解这几位伟人的生平和思想，对认识中国现代社会文化会有极大的帮助。鲁迅作为优秀的作家和深刻的思想者，影响及于中国政治、社会、文化各个方面。他的著作至今深受读者喜爱。要了解中国，读鲁迅著作是一个有效的途径。

本书从鲁迅著作中择取精彩的段落，分为四个部分，旨在让读者通过阅读鲁迅了解中国和中国人。这四部分是：历史、社会、国民性和改革。文字选自鲁迅文稿和书信，其中很大部分来自鲁迅杂文。鲁迅杂文文字凝练，蕴含丰富。由于时代和民族生存状态的关系，鲁迅在评价中国历史和现实时，常常言辞犀利，时发激烈之言，读之令人时或栗栗危惧，时或血脉偾张。虽然今天中国的现实情形已与那个时代大不相同，但鲁迅对中国历史、社会的评论仍有现实启示作用。第四部分"改革"尤其值得注意。在对中国历史、社会、民族性进行严厉批判的同时，在经历了失望乃至绝望的痛苦后，鲁迅的态度是呼吁改革，积极探索改革的方法和步骤，昭示中国的脊梁，张扬中国的民魂，相信未来，相信人民的改革觉悟和创造力。顺理成章，而卒章显志。历来不乏对鲁迅的一种偏见，视其为民族虚无主义者、恨世者、极端反传统的"革命"者。其实，我们应该从另一面立论：鲁迅不是一个冷眼旁观者，而是一位积极的参与者；不是一个恨世者、犬儒、乡愿，而是一个无畏的战士，一个人道主义者。对社会的透彻观察和严厉批判，并没有妨碍他的理性思考，没有沮丧他的前进意志。

这正是中国人今天仍需阅读、研究鲁迅的原因。

现在，很多读者喜欢读孔夫子语录，《论语》的版本层出不穷，这当然是好事。但我觉得也有必要读点鲁迅。读《论语》，可以了解中国的传统文化；读鲁迅，可以了解这个传统还有哪些应该补充改造的地方，了解中国近现代发展的来龙去脉。

本书引用鲁迅著作，参阅了手稿、初刊、初版和人民文学出版社的最新版本。为方便读者查阅原文，进一步探究上下文语境，每条语录都注明了出处。书后附鲁迅生平简表，读者可由此对鲁迅一生行状有一个大致的了解。

6

一 历史

中华文明几千年绵延不绝,本足自豪。但近代中国,内因固步自封,外遭列强侵凌,势运衰颓,民心沮丧。鲁迅等新文化运动先驱重估传统文化,批儒家思想,打孔家店,时有愤激之言。鲁迅"偶阅通鉴,乃悟中国人尚是食人民族",因此在《狂人日记》中揭示满纸"仁义道德"的字里行间隐藏着两个字,"吃人"!而且,他让"狂人"在隐喻中国历史的"古久先生的陈年流水簿子"上踹了一脚，当然不能起到决定性作用，而最终归结为"救救孩子"。

把国家落后归咎于传统文化的劣质和惰性，自有——也只有——一部分的道理；全盘否定固然偏颇，但重新审视却十分必要，今天的读者应对鲁迅一代人的处境给予同情和理解。在他们激烈的批判话语背后，是对历史恶性循环和现实种种丑恶的痛恨与警觉。鲁迅思想的深刻性和独特性，正蕴含在一些看似极端的言论中。今天读者阅读这些文字时，仍会或发出苦笑，或感到刺痛，因为我们仍能或隐或显地感到历史的重压。

鲁迅对中国历史上循环上演的悲剧、喜剧、滑稽剧乃至闹剧，有深刻的反思。很多所谓"革命""起义"，实质上是奴才式、寇盗式的破坏，改朝换代往往是换汤不换药；因此，他在《灯下漫笔》中把中国历史归为人民"想做奴隶而不得的时代"和"暂时做稳了奴隶的时代"。鲁迅一生研读和剖析中国历史，晚年创作以历史故事为题材的短篇小说集《故事新编》，意在"刨祖坟"，挖掘和铲除中国历史上的"坏种"，致力于创造"第三样时代"。正因为具有历史眼光，他考察中国现实社会，批判中国国民性时，就能看穿老谱，切中肯綮，找到症结所在。

我们看历史，能够据过去以推知未来，看一个人的已往的经历，也有一样的效用。

《华盖集·答KS君》

史书本来是过去的陈帐簿，和急进的猛士不相干，……倘若还不能忘情于咿唔，倒也可以翻翻，知道我们现在的情形，和那时的何其神似，而现在的昏妄举动，胡涂思想，那时也早已有过，并且都闹糟了。

《华盖集·这个与那个》

先前，听到二十四史不过是"相斫书"，是"独夫的家谱"一类的话，便以为诚然。后来自己看起来，明白了：何尝如此。

历史上都写着中国的灵魂,指示着将来的命运,只因为涂饰太厚,废话太多,所以很不容易察出底细来。正如通过密叶投射在莓苔上面的月光,只看见点点的碎影。但如看野史和杂记,可更容易了然了,因为他们究竟不必太摆史官的架子。

《华盖集·忽然想到(四)》

我以为伏案还未功深的朋友,现在正不必埋头来哼线装书。倘其咿唔日久,对于旧书有些上瘾了,那么,倒不如去读史,尤其是宋朝明朝史,而且尤须是野史;或者看杂说。……野史和杂说自然也免不了有讹传,挟恩怨,但看往事却可以较分明,因为它究竟不像正史那样地装腔作势。

《华盖集·这个与那个》

"官修"而加以"钦定"的正史也一样,不但本纪咧,列传咧,要摆"史架子";里面也不敢说什么。据说,字里行间是也含着什么褒贬的,但谁有这么多的心眼儿来猜闷壶卢。

《华盖集·这个与那个》

中国十三经二十五史,正是酋长祭师们一心崇奉的治国平天下的谱,此后凡与土人有交涉的"西哲",倘能人手一编,便助成了我们的"东学西渐",很使土人高兴;但不知那译本的序上写些什么呢?

《热风·随感录四十二》

现在我们所能听到的,不过是几个圣人之徒的意见和道理,为了他们自己:至于百姓,却就默默的生长,萎黄,枯死了,像压在大石底下的草一样,已经有四千年!

《集外集·俄文译本〈阿Q正传〉序及著者自叙传略》

月球只一面对着太阳,那一面我们永远不得见。歌颂中国文明的也惟以光明的示人,隐匿了黑的一面。譬如说到家族亲旧,书上就有许多好看的形容词:慈呀,爱呀,悌呀,……又有许多好看的古典:五世同堂呀,礼门呀,义宗呀,……至于诨名,却藏在活人的心中,隐僻的书上。最简单的打官司教科书《萧曹遗笔》里就有着不少惯用的恶谥,…… 亲戚类 孽亲枭亲兽亲鳄亲虎亲歪亲　尊长类 鳄伯虎伯(叔同)孽兄毒兄虎兄　卑幼类 悖男恶侄孽侄悖孙虎孙枭甥孽甥悖妾泼媳枭弟恶婿凶奴。其中没有父母，那是例不能控告的，因为历朝大抵"以孝治天下"。

《华盖集·补白》

火神菩萨只管放火，不管点灯。凡是火着就有他的份。因此，大家把他供养起来，希望他少作恶。然而如果他不作恶，他还受得着供养么，你想？点灯太平凡了。从古至今，没有听到过点灯出名的名人，虽然人类从燧人氏那里学会了点火已经有五六千年的时间。放火就不然。秦始皇放了一把火——烧了书没有烧人；项羽入关又放了一把火——烧的是阿房宫不是民房（？——待考）……罗马的一个什么皇帝却放火烧百姓了；中世纪正教的僧侣就会把异教徒当柴火烧，间或还灌上油。这些都是一世之雄。

《南腔北调集·火》

所谓中国文明者,其实不过是安排给阔人享用的人肉的筵宴,所谓中国者,其实不过是安排这人肉的筵宴的厨房。不知道而赞颂者是可恕的,否则,此辈当得永远的诅咒。

《坟·灯下漫笔》

自有历史以来,中国人是一向被同族和异族屠戮,奴隶,敲掠,刑辱,压迫下来的,非人类所能忍受的楚毒,也都身受过,每一考查,真教人觉得不像活在人间。

《且介亭杂文·病后杂谈之余》

中国人向来就没有争到过"人"的价格,至多不过是奴隶,到现在还如此,然而下于奴隶的时候,却是数见不鲜的。中国的百姓是中立的,战时连自己也不知道属于那一面,但又属于无论那一面。强盗来了,就属于官,当然该被杀掠;官兵既到,该是自家人了罢,但仍然要被杀掠,仿佛又属于强盗似的。这时候,百姓就希望有一个一定的主子,拿他们去做百姓,——不敢,是拿他们去做牛马,情愿自己寻草吃,只求他决定他们怎样跑。假使真有谁能够替他们决定,定下什么奴隶规则来,自然就"皇恩浩荡"了。

《坟·灯下漫笔》

中国人对于异族,历来只有两样称呼:一样

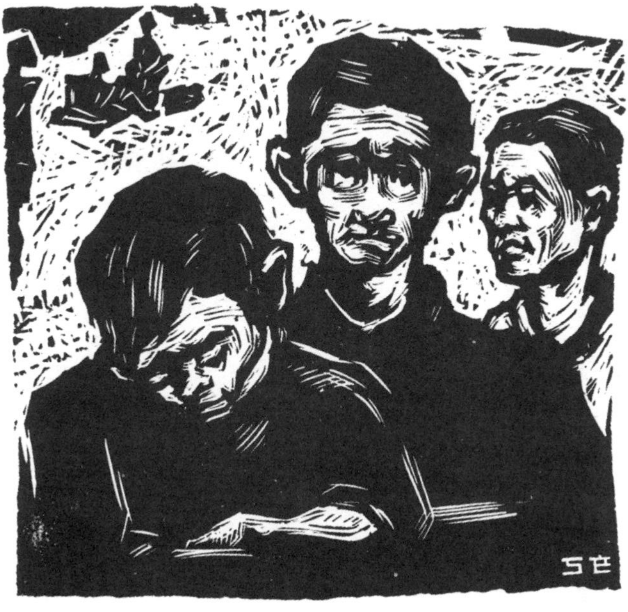

是禽兽,一样是圣上。从没有称他朋友,说他也同我们一样的。

《热风·随感录四十七》

任凭你爱排场的学者们怎样铺张,修史时候设些什么"汉族发祥时代""汉族发达时代""汉族中兴时代"的好题目,好意诚然是可感的,但措辞太绕湾子了。有更其直捷了当的说法在这里——

一,想做奴隶而不得的时代;

二,暂时做稳了奴隶的时代。

《坟·灯下漫笔》

人往往憎和尚,憎尼姑,憎回教徒,憎耶教

徒,而不憎道士。懂得此理者,懂得中国大半。

《而已集·小杂感》

前言中国根底全在道教,此说近颇广行。以此读史,有多种问题可以迎刃而解。后以偶阅通鉴,乃悟中国人尚是食人民族,……此种发见,关系亦甚大,而知者尚寥寥也。

1918年8月20日致许寿裳

外国的事情我不知道,若在中国,则无论查检怎样的历史,总寻不出烧饭和点灯的人们的列传来。在社会上,即使怎样的善于烧饭,善于点灯,也毫没有成为名人的希望。

《且介亭杂文·关于中国的两三件事》

农夫耕田,泥匠打墙,他只为了米麦可吃,房屋可住,自己也因此有益之事,得一点不亏心的糊口之资,历史上有没有"乡下人列传"或"泥水匠列传",他向来就并没有想到。

《且介亭杂文二集·徐懋庸作〈打杂集〉序》

古人所传授下来的经验,有些实在是极可宝贵的,因为它曾经费去许多牺牲,而留给后人很大的益处。偶然翻翻《本草纲目》,不禁想起了这一点。这一部书,是很普通的书,但里面却含有丰富的宝藏。

《南腔北调集·经验》

人们大抵已经知道一切文物,都是历来的无名氏所逐渐的造成。建筑,烹饪,渔猎,耕种,无不如此；医药也如此。

《南腔北调集·经验》

中国的学者们，多以为各种智识，一定出于圣贤，或者至少是学者之口；连火和草药的发明应用，也和民众无缘，全由古圣王一手包办：燧人氏，神农氏。

《花边文学·知了世界》

中国人的官瘾实在深，汉重孝廉而有埋儿刻木，宋重理学而有高帽破靴，清重帖括而有"且夫""然则"。总而言之：那魂灵就在做官，——行官势，摆官腔，打官话。

《华盖集续编·学界的三魂》

古时候虽有"放下屠刀,立地成佛"的人,但因为也有"放下官印,立地念佛"而终于又"放下念珠,立地做官"的人,这一种玩意儿,实在已不足以昭大信于天下:令人办事有点为难了。

《准风月谈·归厚》

在中国的王道,看去虽然好像是和霸道对立的东西,其实却是兄弟,这之前和之后,一定要有霸道跑来的。人民之所讴歌,就为了希望霸道的减轻,或者不更加重的缘故。

《且介亭杂文·关于中国的两三件事》

儒士和方士,是中国特产的名物。方士的最高理想是仙道,儒士的便是王道。但可惜的是这两件在中国终于都没有。据长久的历史上的事实所证明，则倘说先前曾有真的王道者，是妄言，说现在还有者，是新药。

《且介亭杂文·关于中国的两三件事》

记得在日本留学时候，有些同学问我在中国最有大利的买卖是什么，我答道："造反。"他们便大骇怪。在万世一系的国度是，那时听到皇帝可以一脚踢落，就如我们听说父母可以一棒打杀一般。

《华盖集续编·学界的三魂》

凡为当局所"诛"者皆有"罪"。刘邦除秦苛暴，"与父老约，法三章耳。"而后来仍有族诛，

18

仍禁挟书,还是秦法。法三章者,话一句耳。

《而已集·小杂感》

专制者的反面就是奴才,有权时无所不为,失势时即奴性十足,孙皓是特等的暴君,但降晋之后,简直像一个帮闲;宋徽宗在位时,不可一世,而被掳后偏会含垢忍辱。做主子时以一切别人为奴才,则有了主子,一定以奴才自命;这是天经地义,无可动摇的。

《南腔北调集·谚语》

中国自南北朝以来,凡有文人学士,道士和尚,大抵以"无特操"为特色的。晋以来的名流,每一个人总有三种小玩意,一是《论语》和《孝经》，二是《老子》，三是《维摩诘经》，不但采作谈资，并且常常做一点注解。唐有三教辩论，后来变成大家打诨；所谓名儒，做几篇伽蓝碑文也不算什么大事。宋儒道貌岸然，而窃取禅师的语录。清呢，去今不远，我们还可以知道儒者的相信《太上感应篇》和《文昌帝君阴骘文》，并且会请和尚到家里来拜忏。

《准风月谈·吃教》

试将记五代，南宋，明末的事情的（书），和现今的状况一比较，就当惊心动魄于何其相似之甚，仿佛时间的流驶，独与我们中国无关。现在的中华民国也还是五代，是宋末，是明季。……"地大物博，人口众多"，用了这许多好材料，难道竟老是演一出轮回把戏而已么?

《华盖集·忽然想到(四)》

宋宣和时,即非常崇奉道流;元则佛道并奉,方士的势力也不小;至明,本来是衰下去的了,但到成化时,又抬起头来,其时有方士李孜,释家继晓,正德时又有色目人于永,都以方技杂流拜官,因之妖妄之说日盛,而影响及于文章。况且历来三教之争,都无解决,大抵是互相调和,互相容受,终于名为"同源"而后已。凡有新派进来,虽然彼此目为外道,生些纷争,但一到认为同源,即无歧视之意,须俟后来另有别派,它们三家才又自称正道,再来攻击这非同源的异端。

《中国小说的历史的变迁·明小说之两大主潮》

凡当中国自身烂着的时候，倘有什么新的进来，旧的便照例有一种异样的挣扎。例如佛教东来时有几个佛徒译经传道，则道士们一面乱偷了佛经造道经，而这道经就来骂佛经，而一面又用了下流不堪的方法害和尚，闹得乌烟瘴气，乱七八遭。（但现在的许多佛教徒，却又以国粹自命而排斥西学了，实在昏得可怜！）但中国人，所擅长的是所谓"中庸"，于是终于佛有释藏，道有道藏，不论是非，一齐存在。

《集外集拾遗补编·关于〈小说世界〉》

现在的幻想中的唐虞，那无为而治之世，不能回去的乌托邦，那确实性，比到"阴间"去还稀少；至于元，那时东取中国，西侵欧洲，武力自然是雄大的,但他是蒙古人,倘以这为中国的光荣,则现在也可以归降英国,而自以为本国的国旗——但不是五色的——"遍于日所出入处"了。

《集外集·〈奔流〉编校后记(十)》

成吉思汗"入主中夏",术赤在墨斯科"即汗位",那时咱们中俄两国的境遇正一样,就是都被蒙古人征服的。为什么中国人现在竟来硬霸"元人"为自己的先人,仿佛满脸光彩似的,去骄傲同受压迫的斯拉夫种的呢? 倘照这样的论法,俄国人就也可以作"吾国征华史之一页",说他们在元代奄有中国的版图。

《三闲集·〈吾国征俄战史之一页〉》

这是明亡后的事情。凡活着的，有些出于心服，多数是被压服的。但活得最舒服横恣的是汉奸；而活得最清高，被人尊敬的，是痛骂汉奸的逸民。后来自己寿终林下，儿子已不妨应试去了，而且各有一个好父亲。至于默默抗战的烈士，却很少能有一个遗孤。

《且介亭杂文末编·半夏小集》

清朝虽然尊崇朱子，但止于"尊崇"，却不许"学样"，因为一学样，就要讲学，于是而有学说，于是而有门徒，于是而有门户，于是而有门户之争，这就足为"太平盛世"之累。况且以这样的"名儒"而做官，便不免以"名臣"自居，"妄自尊大"。

《且介亭杂文·买〈小学大全〉记》

鲁迅箴言·历史

清的康熙，雍正和乾隆三个，尤其是后两个皇帝，对于"文化政策"或说得较大一点的"文化统制"，却真尽了很大的努力的。文字狱不过是消极的一方面，积极的一面，则如钦定四库全书，于汉人的著作，无不加以取舍，所取的书，凡有涉及金元之处者，又大抵加以修改，作为定本。

《且介亭杂文·买〈小学大全〉记》

清朝人称八股文为"敲门砖"，因为得到功名，就如打开了门，砖即无用。

《准风月谈·吃教》

说起清代的学术来，有几位学者总是眉飞色

舞，说那发达是为前代所未有的。证据也真够十足：解经的大作，层出不穷，小学也非常的进步；史论家虽然绝迹了，考史家却不少；尤其是考据之学，给我们明白了宋明人决没有看懂的古书……我每遇到学者谈起清代的学术时，总不免同时想："扬州十日"，"嘉定三屠"这些小事情，不提也好罢，但失去全国的土地，大家十足做了二百五十年奴隶，却换得这几页光荣的学术史，这买卖，究竟是赚了利，还是折了本呢？

《花边文学·算账》

清初学者，是纵论唐宋，搜讨前明遗闻的，文字狱后，乃专事研究错字，争论生日，变了"邻猫生子"的学者，革命以后，本可开展一些了，而还是守着奴才家法,不过这于饭碗,是极有益处的。

1934年4月9日致姚克

军阀们也不是自己亲身在斗争,是使兵士们相斗争,所以频年恶战,而头儿个个终于是好好的,忽而误会消释了,忽而杯酒言欢了,忽而共同御侮了,忽而立誓报国了,忽而……。不消说,忽而自然不免又打起来了。

《伪自由书·观斗》

中国固有的精神文明,其实并未为共和二字所埋没,只有满人已经退席,和先前稍不同。因此我们在目前,还可以亲见各式各样的筵宴,有烧烤,有翅席,有便饭,有西餐。但茅檐下也有淡饭，路傍也有残羹，野上也有饿莩；有吃烧烤的身价不资的阔人，也有饿得垂死的每斤八文的孩子。

《坟·灯下漫笔》

最初的革命是排满，容易做到的，其次的改革是要国民改革自己的坏根性，于是就不肯了。所以此后最要紧的是改革国民性，否则，无论是专制，是共和，是什么什么，招牌虽换，货色照旧，全不行的。

1925 年 3 月 31 日致许广平

无论什么局面，当开创之际，必靠许多"还债的"；创业既定，即发生许多"讨债者"。此"讨债者"发生迟，局面好；发生早，局面糟；与"还债的"同时发生,局面完。

《集外集拾遗·书苑折枝(三)》

我们也无须再看什么亡国史了。因为这样的书,至多只能教给你一做亡国奴,就比现在的苦还要苦;他日情随事迁,很可以自幸还胜于连表面上也已经亡国的人民,依然高高兴兴,再等着灭亡的更加逼近,这是"亡国史"第一页之前的页数,"亡国史"作者所不肯明写出来的。我们应该看现代的兴国史,现代的新国的历史,这里面所指示的是战叫,是活路,不是亡国奴的悲叹和号咷!

《集外集拾遗补编·"日本研究"之外》

中国的文化,便是怎样的爱国者,恐怕也大概不能不承认是有些落后。新的事物，都是从外面侵入的。新的势力来到了，大多数的人们还是莫名其妙。

《三闲集·现今的新文学的概观》

中国人的对付鬼神，凶恶的是奉承，如瘟神和火神之类，老实一点的就要欺侮，例如对于土地或灶君。待遇皇帝也有类似的意思。君民本是同一民族，乱世时"成则为王败则为贼"，平常是一个照例做皇帝，许多个照例做平民；两者之间，思想本没有什么大差别。所以皇帝和大臣有"愚民政策"，百姓们也自有其"愚君政策"。

《华盖集续编·谈皇帝》

"成功的帝王"是不秘密杀人的，他只秘密

一件事：和他那些妻妾的调笑。到得就要失败了，才又增加一件秘密：他的财产的数目和安放的处所；再下去，这才加到第三件：秘密的杀人。

《且介亭杂文末编·写于深夜里》

我一向不相信昭君出塞会安汉，木兰从军就可以保隋；也不信妲己亡殷，西施沼吴，杨妃乱唐的那些古老话。我以为在男权社会里，女人是决不会有这种大力量的，兴亡的责任，都应该男的负。但向来的男性的作者，大抵将败亡的大罪，推在女性身上，这真是一钱不值的没有出息的男人。

《且介亭杂文·阿金》

中国是否会有平民的时代，自然无从断定。

鲁迅箴言・历史

然而，总之，平民总未必会舍命改革以后，倒给上等人安排鱼翅席，是显而易见的，因为上等人从来就没有给他们安排过杂合面。

《集外集拾遗·〈争自由的波浪〉小引》

中国一向就少有失败的英雄，少有韧性的反抗，少有敢单身鏖战的武人，少有敢抚哭叛徒的吊客；见胜兆则纷纷聚集，见败兆则纷纷逃亡。

我们的乏的古人想了几千年，得到一个制驭别人的巧法：可压服的将他压服，否则将他抬高。而抬高也就是一种压服的手段，常常微微示意说，你应该这样，倘不，我要将你摔下来了。

《华盖集·我的"籍"和"系"》

中国的旧学说旧手段，是在从古以来，并无良效，无非使坏人增长些虚伪，好人无端的多受些人我都无利益的苦痛罢了。

《坟·我们现在怎样做父亲》

我先前总以为人是有罪，所以枪毙或坐监的。现在才知道其中的许多，是先因为被人认为"可恶"，这才终于犯了罪。

许多罪人，应该称为"可恶的人"。

《而已集·可恶罪》

至今为止的统治阶级的革命，不过是争夺一把旧椅子。去推的时候，好像这椅子很可恨，一夺到手，就又觉得是宝贝了，而同时也自觉了自己正和这"旧的"一气。二十多年前,都说朱元璋(明太祖)是民族的革命者,其实是并不然的,他做了皇帝以后,称蒙古朝为"大元",杀汉人比蒙古人还利害。

《二心集·上海文艺之一瞥》

战具比我们精利的欧美人,战具未必比我们精利的匈奴蒙古满洲人,都如入无人之境。"土崩瓦解"这四个字,真是形容得有自知之明。

《华盖集·这个与那个》

外国用火药制造子弹御敌,中国却用它做爆竹敬神;外国用罗盘针航海,中国却用它看风水;外国用鸦片医病,中国却拿来当饭吃。同是一种

鲁迅箴言·历史

延安鲁艺校景　　　　　力群1941年作

东西，而中外用法之不同有如此，盖不但电气而已。

《伪自由书·电的利弊》

中国向来的历史上，凡一朝要完的时候，总是自己动手，先前本国的较好的人，物，都打扫干净，给新主子可以不费力量的进来。现在也毫不两样，本国的狗，比洋狗更清楚中国的情形，手段更加巧妙。

1935年2月9日致萧军、萧红

我看中国书时，总觉得就沉静下去，与实人生离开；读外国书——但除了印度——时，往往就与人生接触，想做点事。

中国书虽有劝人入世的话，也多是僵尸的乐观；

外国书即使是颓唐和厌世的,但却是活人的颓唐和厌世。

我以为要少——或者竟不——看中国书,多看外国书。

《华盖集·青年必读书》

《颂》诗早已拍马,《春秋》已经隐瞒,战国时谈士蜂起,不是以危言耸听,就是以美词动听,于是夸大,装腔,撒谎,层出不穷。现在的文人虽然改著了洋服,而骨髓里却还埋着老祖宗,所以必须取消或折扣,这才显出几分真实。

《伪自由书·文学上的折扣》

中国的有一些士大夫,总爱无中生有,移花

接木的造出故事来，他们不但歌颂升平，还粉饰黑暗。

《且介亭杂文·病后杂谈》

我以为如果外国人来灭中国，是只教你略能说几句外国话，却不至于劝你多读外国书，因为那书是来灭的人们所读的。但是还要奖励你多读中国书，孔子也还要更加崇奉，像元朝和清朝一样。

《集外集拾遗·报〈奇哉所谓……〉》

古人曾以女人作苟安的城堡，美其名以自欺曰"和亲"，今人还用子女玉帛为作奴的贽敬，又美其名曰"同化"。所以倘有外国的谁，到了已有赴宴的资格的现在，而还替我们诅咒中国的现状者，这才是真有良心的真可佩服的人！但我们自己是早已布置妥帖了,有贵贱,有大小,有上下。自己被人凌虐,但也可以凌虐别人;自己被人吃,但也可以吃别人。一级一级的制驭着,不能动弹,也不想动弹了。

《坟·灯下漫笔》

奴隶们受惯了"酷刑"的教育,他只知道对人应该用酷刑。

但是,对于酷刑的效果的意见,主人和奴隶们是不一样的。主人及其帮闲们,多是智识者,他能推测,知道酷刑施之于敌对,能够给与怎样的痛苦,所以他会精心结撰,进步起来。奴才们却一定是愚人,他不能"推己及人",更不能推想一下,就"感同身受"。只要他有权,会采用成法

42

自然也难说，然而他的主意，是没有智识者所测度的那么惨厉的。绥拉菲摩维支在《铁流》里，写农民杀掉了一个贵人的小女儿，那母亲哭得很凄惨，他却诧异道，哭什么呢，我们死掉多少小孩子，一点也没哭过。他不是残酷，他一向不知道人命会这么宝贵，他觉得奇怪了。

奴隶们受惯了猪狗的待遇，他只知道人们无异于猪狗。

《南腔北调集·偶成》

中国的一般的民众，尤其是所谓愚民，虽称孔子为圣人，却不觉得他是圣人；对于他，是恭谨的，却不亲密。但我想，能像中国的愚民那样，懂得孔夫子的，恐怕世界上是再也没有的了。不错，孔夫子曾经计划过出色的治国的方法，但那都是为了治民众者，即权势者设想的方法，为民众本身的，却一点也没有。

《且介亭杂文二集·在现代中国的孔夫子》

曾经阔气的要复古，正在阔气的要保持现状，未曾阔气的要革新。

大抵如此，大抵！

《而已集·小杂感》

儿时见过一本书，叫作《无双谱》，是清初人之作，取历史上极特别无二的人物，各画一像，一面题些诗，但坏人好像是没有的。因此我后来想到可以择历来极其特别，而其实是代表着中国人性质之一种的人物，作一部中国的"人史"，如英国嘉勒尔的《英雄及英雄崇拜》，美国亚懋生的《伟人论》那样。惟须好坏俱有，有啮雪苦节的苏武，舍身求法的玄奘，有"鞠躬尽瘁，死而后已"的孔明，但也有呆信古法，"死而后已"的王莽，有半当真半取笑的变法的王安石；张献忠当然也在内。

《准风月谈·晨凉漫记》

中国不但无正确之本国史，亦无世界史，妄人信口开河，青年莫名其妙，知今知古，知外知内，都谈不到。当我年青时，大家以胡须上翘者为洋气，下垂者为国粹，而不知这正是蒙古式，汉唐画像，须皆上翘；今又有一班小英雄，以强水洒洋服，令人改穿袍子马褂而后快，然竟忘此乃满洲服也。

1934年4月9日致姚克

凡我所遇见的研究中国文学的外国人中，往往不满于中国文章之夸大。这真是虽然研究中国文学，恐怕到死也还不会懂得中国文学的外国人。倘是我们中国人，则只要看过几百篇文章，见过十来个所谓"文学家"的行径，又不是刚刚"从民间来"的老实青年，就决不会上当。因为我们惯熟了，恰如钱店伙计的看见钞票一般，知道什么是通行的，什么是该打折扣的，什么是废票，简直要不得。

《伪自由书·文学的折扣》

鲁迅箴言·历史

工作   白濤作
                                      一九三三

二

社会

鲁迅经历了满清、民国更替,那时政局动荡不安,社会常常陷入混乱。

在皇权专制时代,人民固然没有自由;帝制崩溃,共和建立,民主成为口号和标榜,社会的种种弊病并未随着帝制的取消而革除;专制仍然肆虐,人民仍然没有自由,社会一片冷漠。鲁迅的作品描写人与人之间的隔膜,人的孤独和寂寞,他觉得"人人之间各有一道高墙,将各个分离,使大家的心无从相印"。外国哲人说过,专制使人冷嘲,而在鲁迅看来,中国却"天下太平"到"连冷嘲也没有"。中国社会人与人之间缺少同情和关爱,以至于看到路上有暴病倒地或摔伤的人,不缺少围观甚或高兴的人,但肯伸手来扶助一下的却极少。

鲁迅从事文学活动的目的是改造人生,因此他致力于揭发社会弊端,意图引起人们注意,加以治疗和改进。直到晚年,他仍然坚信文学有助于促进人与人之间的交流:"人类最好是彼此不隔膜,相关心。然而最平正的道路,却只有用文艺来沟通,可惜走这条道路的人又少得很。"

有感于中国人不敢正视社会问题,不愿改革,而用种种瞒和骗的方法逃避的现象,鲁迅号召人们起来行动:"世上如果还有真要活下去的人们,就先该敢说，敢笑，敢哭，敢怒，敢骂，敢打，在这可诅咒的地方击退了可诅咒的时代！"

鲁迅批评社会是尖刻的，他使用的解剖刀是犀利的。正如他自己所说，他的社会批评的特点是"论时事不留面子，砭锢弊常取类型"。他以敏锐的观察和高超的分析能力，从纷繁芜杂的社会现象和芸芸众生中提炼特点，塑造典型，这笔法常招致反感和仇视："盖写类型者，于坏处，恰如病理学上的图，假如是疮疽，则这图便是一切某疮某疽的标本，或和某甲的疮有些相像，或和某乙的疽有点相同。而见者不察，以为所画的只是他某甲的疮，无端侮辱，于是就必欲制你画者的死命了。"鲁迅的作品中有很多这类典型形象，如小说中的"看客"，散文诗中的"过客"；杂文中更多，如叭儿狗："它却虽然是狗，又很像猫，折中，公允，调和，平正之状可掬，悠悠然摆出别个无不偏激，惟独自己得了'中庸之道'似的脸来。因此也就为阔人，太监，太太，小姐们所钟爱，种子绵绵不绝。"又如，在与"革命文学家"论战时，他看到这些态度蛮横、言辞激烈的革命文学家"将革命使一般人理解为非常可怕的事，摆着一种极左倾的凶恶的面貌，好似革命一到，一切非革命者就都得死，令人对革命只抱着恐怖"，就批评道："其实革命是并非教人死而是教人活的。这种令人'知道点革命的厉害'，只图自己说得畅快的态度，也还是中了才子+流氓的毒。激烈得快的，也平和得快，甚至于也颓废得快。""才子+流氓"的谥号，生动传神，此外还有"二丑""西崽""文坛三户""四条汉子"等等，让人心领神会，印象深刻。鲁迅的匕首、投枪、解剖刀有很大的刺伤碰伤、杀伤力，有人呼之为"鸱鸮"，有人目为"师爷""刀笔吏""世故老人"。

鲁迅的社会批评，今天读来，仍让人战栗，猛醒，感奋。正如郁达夫所说：鲁迅的"随笔杂感，……观察之深刻，谈锋之犀利，文笔之简洁，比喻之巧妙，又因其飘逸几分幽默的气氛，就难怪读者会感到一种即使喝毒酒也不怕死似的凄厉的风味。当我们见到局部的时候，他见到的却是全面。当我们热衷去掌握现实时，他已经掌握了古今和未来。"

中国是古国,历史长了,花样也多,情形复杂,做人也特别难,我觉得别的国度里,处世法总还要简单,所以每个人可以有工夫做些事,在中国,则单是为了生活,就要化去生命的几乎全部。

1934年12月6日致萧军、萧红

中国大约太老了,社会上事无大小,都恶劣不堪,像一只黑色的染缸,无论加进什么新东西去,都变成漆黑。可是除了再想法子来改革之外,也再没有别的路。

> 1925年3月18日致许广平

有谁从小康人家而坠入困顿的么,我以为在这途路中,大概可以看见世人的真面目。

> 《呐喊·自序》

人世间真是难处的地方,说一个人"不通世故",固然不是好话,但说他"深于世故"也不是好话。"世故"似乎也像"革命之不可不革,而亦不可太革"一样,不可不通,而亦不可太通的。然而据我的经验,得到"深于世故"的恶谥者,却还是因为"不通世故"的缘故。现在我假设以这样的话,来劝导青年人——"如果你遇见社会上有不平事,万不可挺身而出,讲公道话,否则,事情倒会移到你头上来,甚至于会被指作反动分子的。如果你遇见有人被冤枉,被诬陷的,即使明知道他是好人,也万不可挺身而出,去给他解释或分辩,否则,你就会被人说是他的亲戚,或得了他的贿赂;倘使那是女人,就要被疑为她的情人的;如果他较有名,那便是党羽。

《南腔北调集·世故三昧》

倘说中国现在正如唐虞盛世,却又未免是"世故"之谈。耳闻目睹的不算,单是看看报章,也就可以知道社会上有多少不平,人们有多少冤抑。但对于这些事，除了有时或有同业，同乡，同族的人们来说几句呼吁的话之外，利害无关的人的义愤的声音，我们是很少听到的。这很分明，是大家不开口；或者以为和自己不相干；或者连"以为和自己不相干"的意思也全没有。"世故"深到不自觉其"深于世故"，这才真是"深于世故"的了。这是中国处世法的精义中的精义。

《南腔北调集·世故三昧》

世界竟是这么广大，而又这么狭窄；穷人是这么相爱，而又不得相爱；暮年是这么孤寂，而又不安于孤寂。

《集外集·〈穷人〉小引》

中国各处是壁,然而无形,像"鬼打墙"一般,使你随时能"碰"。能打这墙的,能碰而不感到痛苦的,是胜利者。

《华盖集·"碰壁"之后》

暴君治下的臣民,大抵比暴君更暴;暴君的暴政,时常还不能餍足暴君治下的臣民的欲望。

暴君的臣民,只愿意暴政暴在他人的头上,他却看着高兴,拿"残酷"做娱乐,拿"他人的苦"做赏玩,做慰安。

自己的本领只是"幸免"。

《热风·随感录六十五》

奴才做了主人,是决不肯废去"老爷"称呼的,他的摆架子，恐怕比他的主人还十足，还可笑。

《二心集·上海文艺之一瞥》

勇者愤怒，抽刀向更强者。怯者愤怒，抽刀向更弱者。不可救药的民族中，一定有许多英雄，专向孩子们瞪眼。

《华盖集·杂感》

中国的国魂里大概总有这两种魂：官魂和匪魂。这也并非硬要将我辈的魂挤进国魂里去，贪图与教授名流的魂为伍，只因为事实仿佛是这样。社会诸色人等，爱看《双官诰》，也爱看《四杰村》，望偏安巴蜀的刘玄德成功，也愿意打家劫舍的宋公明得法；至少，是受了官的恩惠时候则艳羡官僚，受了官的剥削时候便同情匪类。但这也是人情之常；倘使连这一点反抗心都没有，岂不就成为万劫不复的奴才了？

《华盖集续编·学界的三魂》

极平常的，或者简直近于没有事情的悲剧，正如无声的言语一样，非由诗人画出它的形象来，是很不容易觉察的。然而人们灭亡于英雄的特别的悲剧者少，消磨于极平常的，或者简直近于没有事情的悲剧者却多。

《且介亭杂文二集·几乎无事的悲剧》

轻薄，浮躁，酗酒，嫖妓而至于闹事，偷香而至于害人，这是古来之所谓"文人无行"。然而那无行的文人，是自己要负责任的，所食的果子，是"一生潦倒"。他不会说自己的嫖妓,是因为爱国心切,借此消遣些被人所压的雄心;引诱女人之后,闹出乱子来了,也不说这是女人先来诱他的,因为她本来是婊子。他们的最了不得的辩解,不过要求对于文人,应该特别宽恕罢了。

《集外集拾遗补编·辩"文人无行"》

中国人虽然想了各种苟活的理想乡,可惜终于没有实现。但我却替他们发见了,你们大概知道的罢,就是北京的第一监狱。这监狱在宣武门外的空地里,不怕邻家的火灾;每日两餐,不虑冻馁;起居有定,不会伤生;构造坚固,不会倒塌;禁卒管着,不会再犯罪;强盗是决不会来抢的。住在里面,何等安全,真真是"千金之子坐不垂堂"了。但阙少的就有一件事：自由。

《华盖集·北京通信》

蜜蜂的刺，一用即丧失了它自己的生命；犬儒的刺，一用则苟延了他自己的生命。

《而已集·小杂感》

要上战场，莫如做军医；要革命，莫如走后方；要杀人，莫如做刽子手。既英雄，又稳当。

《而已集·小杂感》

幻灭之来，多不在假中见真，而在真中见假。

《三闲集·怎么写》

鲁迅箴言·社会

称赞贵相是"两耳垂肩",这时我们便至少将他打一个对折,觉得比通常也许大一点,可是决不相信他的耳朵像猪猡一样。说愁是"白发三千丈",这时我们便至少将他打一个二万扣,以为也许有七八尺,但决不相信它会盘在顶上像一个大草囤。这种尺寸,虽然有些模胡,不过总不至于相差太远。反之,我们也能将少的增多,无的化有,例如戏台上走出四个拿刀的瘦伶仃的小戏子,我们就知道这是十万精兵;刊物上登载一篇俨乎其然的像煞有介事的文章,我们就知道字里行间还有看不见的鬼把戏。又反之,我们并且能将有的化无,例如什么"枕戈待旦"呀,"卧薪尝胆"呀,"尽忠报国"呀,我们也就即刻会看成白纸,恰如还未定影的照片,遇到了日光一般。

《伪自由书·文学上的折扣》

古今君子，每以禽兽斥人，殊不知便是昆虫，值得师法的地方也多着哪。

《华盖集·夏三虫》

世上虽然有斩钉截铁的办法，却很少见有敢负责任的宣言。所多的是自在黑幕中，偏说不知道；替暴君奔走，却以局外人自居；满肚子怀着鬼胎，而装出公允的笑脸；有谁明说出自己所观察的是非来的，他便用了"流言"来作不负责任的武器：这种蛆虫充满的"臭毛厕"，是难于打扫干净的。

《华盖集·并非闲话》

自由固不是钱所能买到的，但能够为钱而卖掉。

《坟·娜拉走后怎样》

做梦，是自由的，说梦，就不自由。做梦，是做真梦的，说梦，就难免说谎。

《南腔北调集·听说梦》

所谓危机，也如医学上的所谓"极期"(Krisis)一般，是生死的分歧，能一直得到死亡，也能由此至于恢复。

《南腔北调集·小品文的危机》

人生最痛苦的是梦醒了无路可以走。

《坟·娜拉走后怎样》

看生物，是一到专化，往往要灭亡的。未有人类以前的许多动植物，就因为太专化了，失其可变性，环境一改，无法应付，只好灭亡。

《且介亭杂文·门外文谈》

造化赋给我们的腰和脖子，本是可以弯曲的，弯腰曲背，在中国是一种常态，逆来尚须顺受，顺来自然更当顺受了。所以我们是最能研究人体，顺其自然而用之的人民。脖子最细，发明了砍头；膝关节能弯，发明了下跪；臀部多肉，又不致命，就发明了打屁股。

《花边文学·洋服的没落》

康圣人主张跪拜，以为"否则要此膝何用"。

走时的腿的动作，固然不易于看得分明，但忘记了坐在椅上时候的膝的曲直，则不可谓非圣人之疏于格物也。身中间脖颈最细，古人则于此斫之，臀肉最肥，古人则于此打之，其格物都比康圣人精到，后人之爱不忍释，实非无因。

《华盖集·忽然想到（一）》

我想，骂人是中国极普通的事，可惜大家只知道骂而没有知道何以该骂，谁该骂，所以不行。现在我们须得指出其可骂之道，而又继之以骂。那么，就很有意思了，于是就可以由骂而生出骂以上的事情来的罢。

《集外集拾遗·通讯（复吕蕴儒）》

要攻击高门大族的坚固的旧堡垒,却去瞄准他的血统,在战略上,真可谓奇谲的了。最先发明这一句"他妈的"的人物,确要算一个天才,——然而是一个卑劣的天才。

《坟·论"他妈的"》

我觉得中国有时是极爱平等的国度。有什么稍显得特殊,就有人拿了长刀来削平它。……自然,也有例外,是捧了起来。但这捧了起来,却不过为了接着摔得粉碎。

《且介亭杂文二集·徐懋庸作〈打杂集〉序》

中国老例,凡要排斥异己的时候,常给对手起一个诨名,——或谓之"绰号"。这也是明清以来讼师的老手段；假如要控告张三李四，倘只说姓名，本很平常，现在却道"六臂太岁张三"，"白额虎李四"，则先不问事迹，县官只见绰号，就觉得他们是恶棍了。

《华盖集·补白》

清明时节，是扫墓的时节，有的要进关内来祭祖，有的是到陕西去上坟，或则激论沸天，或则欢声动地，真好像上坟可以亡国，也可以救国似的。……中国人一向喜欢造些和大人物相关的名胜，石门有"子路止宿处"，泰山上有"孔子小天下处"；一个小山洞，是埋着大禹，几堆大土堆，便葬着文武和周公。如果扫墓的确可以救国，那么，扫就要扫得真确，要扫文武周公的陵，不要扫着别人的土包子，还得查考自己是否周朝的子孙。

《花边文学·清明时节》

我想在这里趁便拜托我的相识的朋友，将来我死掉之后，即使在中国还有追悼的可能，也千万不要给我开追悼会或者出什么记念册。因为这不过是活人的讲演或挽联的斗法场，为了造语惊人，对仗工稳起见，有些文豪们是简直不恤于胡说八道的。结果至多也不过印成一本书，即使有谁看了，于我死人，于读者活人，都无益处，就是对于作者，其实也并无益处，挽联做得好，也不过挽联做得好而已。

《且介亭杂文·病后杂谈》

只要是地位，尤其是利害一不相同，则两国之间不消说，就是同国的人们之间，也不容易互相了解的。

《且介亭杂文二集·〈活中国的姿态〉序》

中国公共的东西，实在不容易保存。如果当局者是外行，他便将东西糟完，倘是内行，他便将东西偷完。

《而已集·谈所谓"大内档案"》

豫言者，即先觉，每为故国所不容，也每受同时人的迫害，大人物也时常这样。他要得人们的恭维赞叹时，必须死掉，或者沉默，或者不在前面。

《华盖集续编·无花的蔷薇》

鲁迅箴言・社会

许多人的随便的哄笑,是一枝白粉笔,它能够将粉涂在对手的鼻子上,使他的话好像小丑的打诨。

《南腔北调集·"连环图画"的辩护》

拿一匹小鸟关在笼中,或给站在竿子上,地位好像改变了,其实还只是一样的在给别人做玩意,一饮一啄,都听命于别人。

《南腔北调集·关于妇女解放》

孔子曰:"唯女子与小人为难养也,近之则不逊,远之则怨。"女子与小人归在一类里,但不知道是否也包括了他的母亲。后来的道学先生们,对于母亲,表面上总算是敬重的了,然而虽然如此，中国的为母的女性，还受着自己儿子以外的一切男性的轻蔑。

《南腔北调集·关于妇女解放》

奢侈和淫靡只是一种社会崩溃腐化的现象，决不是原因。私有制度的社会，本来把女人也当做私产，当做商品。一切国家，一切宗教都有许多稀奇古怪的规条，把女人看做一种不吉利的动物，威吓她，使她奴隶般的服从；同时又要她做高等阶级的玩具。正像现在的正人君子，他们骂女人奢侈，板起面孔维持风化，而同时正在偷偷地欣赏着肉感的大腿文化。

《南腔北调集·关于女人》

忽讲实用，忽讲友情，只要于己有利，什么方法都肯用，这正是流氓行为的模范标本。

1934年8月3日致徐懋庸

倘在文人，他总有一番辩护自己的变化的理由，引经据典。譬如说，要人帮忙时候用克鲁巴金的互助论，要和人争闹的时候就用达尔文的生存竞争说。无论古今，凡是没有一定的理论，或主张的变化并无线索可寻，而随时拿了各种各派的理论来作武器的人，都可以称之为流氓。

《二心集·上海文艺之一瞥》

如果是小家子弟，则纵使外面怎样大风雨，也还要勇往直前，拚命挣扎的，因为他没有安稳的老巢可归，只得向前干。虽然成家立业之后，他也许修家谱，造祠堂，俨然以旧家子弟自居，但这究竟是后话。倘是旧家子弟呢，为了逞雄，好奇，趋时，吃饭，固然也未必不出门，然而只因为一点小成功，或者一点小挫折，都能够使他立刻退缩。

《花边文学·正是时候》

大众虽然智识没有读书人的高，但他们对于胡说的人们，却有一个谥法：绣花枕头。这意义，也许只有乡下人能懂的了，因为穷人塞在枕头里面的，不是鸭绒：是稻草。

《花边文学·"大雪纷飞"》

名声的起灭,也如光的起灭一样,起的时候,从近到远,灭的时候,远处倒还留着余光。

《花边文学·略论梅兰芳及其他(上)》

文学家是感觉灵敏了一点,许多观念,文学家早感到了,社会还没有感到。

《集外集·文艺与政治的歧途》

弄文艺的人们大抵敏感,时时也感到,而且防着自己的没落,如漂浮在大海里一般,拚命向各处抓攫。

《二心集·"醉眼"中的朦胧》

文学与社会之关系,先是它敏感的描写社会,倘有力，便又一转而影响社会，使有变革。这正如芝麻油原从芝麻打出，取以浸芝麻，就使它更油一样。

1933年12月20日致徐懋庸

我们所认为在崇拜偶像者，其中的有一部分其实并不然，他本人原不信偶像，不过将这来做傀儡罢了。和尚喝酒养婆娘，他最不信天堂地狱。巫师对人见神见鬼，但神鬼是怎样的东西，他自己的心里是明白的。

《集外集拾遗补编·通信(复张孟闻)》

耶稣教传入中国，教徒自以为信教，而教外的小百姓却都叫他们是"吃教"的。这两个字，真是提出了教徒的"精神",也可以包括大多数的儒释道教之流的信者,也可以移用于许多"吃革命饭"的老英雄。

《准风月谈·吃教》

战争的结果,也可以变成两种态度:一种是英雄,他见别人死的死伤的伤,只有他健存,自己就觉得怎样了不得,这么那么夸耀战场上的威雄。一种是变成反对战争的,希望世界上不要再打仗了。

《集外集·文艺与政治的歧途》

自己被人凌虐,但也可以凌虐别人;自己被人吃,但也可以吃别人。一级一级的制驭着,不能动弹,也不想动弹了。

《坟·灯下漫笔》

现在的所谓"人",身体外面总得包上一点东西,绸缎,毡布,纱葛都可以。就是穷到做乞丐,至少也得有一条破裤子;就是被称为野蛮人的,小肚前后也多有了一排草叶子。要是在大庭广众之前自己脱去了,或是被人撕去了,这就叫做不成人样子。

虽然不像样,可是还有人要看,站着看的也有,跟着看的也有,绅士淑女们一齐掩住了眼睛,然而从手指缝里偷瞥几眼的也有,总之是要看看别人的赤条条,却小心着自己的整齐的衣裤。

《南腔北调集·〈萧伯纳在上海〉序》

82

假如有一个人,在路旁吐一口唾沫,自己蹲下去,看着,不久准可以围满一堆人;又假使又有一个人,无端大叫一声,拔步便跑,同时准可以大家都逃散。真不知是"何所闻而来,何所见而去",然而又心怀不满,骂他的莫名其妙的对象曰"妈的"!

《花边文学·一思而行》

惯在上海生活了的女性,早已分明地自觉着这种自己所具的光荣,同时也明白着这种光荣中所含的危险。所以凡有时髦女子所表现的神气,是在招摇,也在固守;在罗致,也在抵御,像一切异性的亲人,也像一切异性的敌人,她在喜欢,也正在恼怒。这神气也传染了未成年的少女。

《南腔北调集·上海的少女》

在北京常看见各样好地名:辟才胡同,乃兹府,丞相胡同,协资庙,高义伯胡同,贵人关。但探起底细来,据说原是劈柴胡同,奶子府,绳匠胡同,蝎子庙,狗尾巴胡同,鬼门关。字面虽然改了,涵义还依旧。这很使我失望;否则,我将鼓吹改奴隶二字为"弩理",或是"努礼",使大家可以永远放心打盹儿,不必再愁什么了。但好在似乎也并没有什么人愁着,爆竹毕毕剥剥地都祀过财神了。

《华盖集·咬文嚼字(二)》

老百姓一到洋场,永远不会明白真实情形,外国人说"Yes",翻译道,"他在说打一个耳光",外国人说"No",翻出来却是他说"去枪毙"。倘想要免去这一类无谓的冤苦,首先是在知道得多一点，冲破了这一个圈子。

《三闲集·现今的新文学的概观》

在上海生活，穿时髦衣服的比土气的便宜。如果一身旧衣服，公共电车的车掌会不照你的话停车，公园看守会格外认真的检查入门券，大宅子或大客寓的门丁会不许你走正门。所以，有些人宁可居斗室，喂臭虫，一条洋服裤子却每晚必须压在枕头下，使两面裤腿上的折痕天天有棱角。

《南腔北调集·上海的少女》

小市民总爱听人们的丑闻，尤其是有些熟识的人的丑闻。上海的街头巷尾的老虔婆，一知道近邻的阿二嫂家有野男人出入，津津乐道，但如果对她讲甘肃的谁在偷汉,新疆的谁在再嫁,她就不要听了。

《且介亭杂文二集·论"人言可畏"》

每一个破衣服人走过,叭儿狗就叫起来,其实并非都是狗主人的意旨或使嗾。叭儿狗往往比它的主人更严厉。

《而已集·小杂感》

西崽之可厌不在他的职业,而在他的"西崽相"。这里之所谓"相",非说相貌,乃是"诚于中而形于外"的,包括着"形式"和"内容"而言。这"相",是觉得洋人势力,高于群华人,自己懂洋话,近洋人,所以也高于群华人;但自己又系出黄帝，有古文明，深通华情，胜洋鬼子，所以也胜于势力高于群华人的洋人，因此也更胜于还在洋人之下的群华人。租界上的中国巡捕，也常常有这一种"相"。倚徙华洋之间，往来主奴之界，这就是现在洋场上的"西崽相"。

《且介亭杂文二集·"题未定"草（二）》

上海的摩登少爷要勾搭摩登小姐，首先第一步，是追随不舍，术语谓之"钉梢"。"钉"者，坚附而不可拔也，"梢"者，末也，后也，译成文言，大约可以说是"追蹑"。据钉梢专家说，那第二步便是"扳谈"；即使骂，也就大有希望，因为一骂便可有言语来往，所以也就是"扳谈"的开头。

《二心集·唐朝的钉梢》

88

一个人的言行，总有一部分愿意别人知道，或者不妨给别人知道，但有一部分却不然。然而一个人的脾气，又偏爱知道别人不肯给人知道的一部分。

《且介亭杂文二集·孔另境编〈当代文人尺牍钞〉序》

宣传这两个字，在中国实在是被糟蹋得太不成样子了，人们看惯了什么阔人的通电，什么会议的宣言，什么名人的谈话，发表之后，立刻无影无踪，还不如一个屁的臭得长久，于是渐以为凡有讲述远处或将来的优点的文字，都是欺人之谈，所谓宣传，只是一个为了自利，而漫天说谎的雅号。

《南腔北调集·林克多〈苏联闻见录〉序》

谚语固然好像一时代一国民的意思的结晶，但其实，却不过是一部分的人们的意思。

《南腔北调集·谚语》

野牛成为家牛，野猪成为猪，狼成为狗，野性是消失了，但只足使牧人喜欢，于本身并无好处。人不过是人，不再夹杂着别的东西，当然再好没有了。倘不得已，我以为还不如带些兽性。

《而已集·略论中国人的脸》

施以狮虎式的教育，他们就能用爪牙，施以牛羊式的教育，他们到万分危急时还会用一对可怜的角。然而我们所施的是什么教育呢，连小小的角也不能有，则大难临头，惟有兔子似的逃跑而已。

《南腔北调集·论"赴难"和"逃难"》

死于敌手的锋刃,不足悲苦;死于不知何来的暗器,却是悲苦。但最悲苦的是死于慈母或爱人误进的毒药,战友乱发的流弹,病菌的并无恶意的侵入,不是我自己制定的死刑。

《华盖集·杂感》

待到伟大的人物成为化石,人们都称他伟人时,他已经变了傀儡了。

《华盖集续编·无花的蔷薇》

战士战死了的时候,苍蝇们所首先发现的是

他的缺点和伤痕,嘬着,营营地叫着,以为得意,以为比死了的战士更英雄。但是战士已经战死了,不再来挥去他们。于是乎苍蝇们即更其营营地叫,自以为倒是不朽的声音,因为它们的完全,远在战士之上。的确的,谁也没有发见过苍蝇们的缺点和创伤。然而,有缺点的战士终竟是战士,完美的苍蝇也终竟不过是苍蝇。

《华盖集·战士和苍蝇》

凡一个人,即使到了中年以至暮年,倘一和孩子接近,便会踏进久经忘却了的孩子世界的边疆去,想到月亮怎么会跟着人走,星星究竟是怎么嵌在天空中,但孩子在他的世界里,是好像鱼之在水,游泳自如,忘其所以的,成人却有如人的凫水一样，虽然也觉到水的柔滑和清凉，不过总不免吃力，为难，非上陆不可了。

《且介亭杂文·看图识字》

中国确也还盛行着《三国演义》和《水浒传》，但这是为了社会还有三国气和水浒气的缘故。

《且介亭杂文二集·叶紫作〈丰收〉序》

"天诛地灭，男盗女娼"——是中国人赌咒的经典，几乎像诗云子曰一样。现在的宣誓，"誓杀敌，誓死抵抗，誓……"似乎不用这种成语了。但是，赌咒的实质还是一样，总之是信不得。他明知道天不见得来诛他，地也不见得来灭他，现在连人参都"科学化地"含起电气来了，难道"天地"还不科学化么！至于男盗和女娼，那是非但无害，而且有益：男盗——可以多刮几层地皮，女娼——可以多弄几个"裙带官儿"的位置。我的老朋友说：你这个"盗"和"娼"的解释都不是古义。我回答说——你知道现在是什么时代！现在是盗也摩登，娼也摩登，所以赌咒也摩登，变成宣誓了。

《伪自由书·赌咒》

人们又常常说："升官发财"。其实这两件事是不并列的，其所以要升官，只因为要发财，升官不过是一种发财的门径。所以官僚虽然依靠朝廷，却并不忠于朝廷，吏役虽然依靠衙署，却并不爱护衙署，头领下一个清廉的命令，小喽啰是绝不听的，对付的方法有"蒙蔽"。

《南腔北调集·沙》

帮闲,在忙的时候就是帮忙,倘若主子忙于行凶作恶,那自然也就是帮凶。但他的帮法,是在血案中而没有血迹,也没有血腥气的。

《准风月谈·帮闲法发隐》

勇者愤怒,抽刃向更强者;怯者愤怒,却抽刃向更弱者。

《华盖集·杂感》

造谣说谎诬陷中伤也都是中国的大宗国粹,这一类事实,古来很多,鬼祟著作却都消灭了。

96

不肖子孙没有悟，还是层出不穷的做。不知他们做了以后，自己可也觉得无价值么。如果觉得，实在劣得可怜。如果不觉，又实在昏得可怕。

《集外集拾遗补编·寸铁》

感激，那不待言，无论从那一方面说起来，大概总算是美德罢。但我总觉得这是束缚人的。……因为感激别人，就不能不慰安别人，也往往牺牲了自己，——至少是一部分。

1925年4月11日致赵其文

青年二字，是不能包括一类人的，好的有，坏的也有。但我觉得虽是青年，稚气和不安定的并不多，我所遇见的倒十之七八是少年老成的，城府也深，我大抵不和这种人来往。

1934年11月12日致萧军、萧红

上海的文场，正如商场，也是你枪我刀的世界，倘不是有流氓手段，除受伤以外，并不会落得什么。

1934年9月20日致徐懋庸

看十来岁的孩子，便可以逆料二十年后中国的情形；看二十多岁的青年，——他们大抵有了孩子，尊为爹爹了，——便可以推测他儿子孙子，晓得五十年后七十年后中国的情形。

《热风·随感录二十五》

中国的孩子，只要生，不管他好不好，只要

多，不管他才不才。生他的人，不负教他的责任。虽然"人口众多"这一句话，很可以闭了眼睛自负，然而这许多人口，便只在尘土中辗转，小的时候，不把他当人，大了以后，也做不了人。

《热风·随感录二十五》

中国娶妻早是福气，儿子多也是福气。所有小孩，只是他父母福气的材料，并非将来的"人"的萌芽，所以随便辗转，没人管他，因为无论如何，数目和材料的资格，总还存在。即使偶尔送进学堂，然而社会和家庭的习惯，尊长和伴侣的脾气，却多与教育反背，仍然使他与新时代不合。大了以后，幸而生存，也不过"仍旧贯如之何"，照例是制造孩子的家伙，不是"人"的父亲，他生了孩子,便仍然不是"人"的萌芽。

《热风·随感录二十五》

学风如何,我以为是和政治状态及社会情形相关的,倘在山林中,该可以比城市好一点,只要办事人员好。但若政治昏暗,好的人也不能做办事人员,学生在学校中,只是少听到一些可厌的新闻,待到出了校门,和社会相接触,仍然要苦痛,仍然要堕落,无非略有迟早之分。

1925年3月11日致许广平

人们因为社交的要求,聚在一处,又因为各有可厌的许多性质和难堪的缺陷,再使他们分离。他们最后所发见的距离,——使他们得以聚在一处的中庸的距离,就是"礼让"和"上流的风习"。

《华盖集续编·一点比喻》

与名流学者谈,对于他之所讲,当装作偶有不懂之处。太不懂被看轻,太懂了被厌恶。偶有不懂之处,彼此最为合宜。

《而已集·小杂感》

不但是《西游记》里的魔王,吃人的时候必须童男和童女而已,连人类中的富户豪家,也一向以童女为侍奉,纵欲,鸣高,寻仙,采补的材料,恰如食品的餍足了普通的肥甘,就想乳猪芽茶一样。

《南腔北调集·上海的少女》

女人的天性中有母性,有女儿性;无妻性。妻性是逼成的,只是母性和女儿性的混合。

《而已集·小杂感》

拿一匹小鸟关在笼中,或给站在竿子上,地位好像改变了,其实还只是一样的在给别人做玩意,一饮一啄,都听命于别人。俗语说:"受人一饭,听人使唤",就是这。所以一切女子,倘不得到和男子同等的经济权,我以为所有好名目,就都是空话。自然,在生理和心理上,男女是有差别的;即在同性中,彼此也都不免有些差别,然而地位却应该同等。必须地位同等之后,才会有真的女人和男人,才会消失了叹息和苦痛。

《南腔北调集·关于妇女解放》

优良的人物，有时候是要靠别种人来比较，衬托的，例如上等与下等，好与坏，雅与俗，小器与大度之类。没有别人，即无以显出这一面之优，所谓"相反而实相成"者，就是这。

《且介亭杂文·论俗人应避雅人》

小心谨慎的人，偶然遇见仁人君子或雅人学者时，倘不会帮闲凑趣，就须远远避开，愈远愈妙。假如不然，即不免要碰着和他们口头大不相同的脸孔和手段。

《且介亭杂文·论俗人应避雅人》

社会上崇敬名人，于是以为名人的话就是名言，却忘记了他之所以得名是那一种学问或事业。

名人被崇奉所诱惑，也忘记了自己之所以得名是那一种学问或事业，渐以为一切无不胜人，无所不谈，于是乎就悖起来了。其实，专门家除了他的专长之外，许多见识是往往不及博识家或常识者的。

《且介亭杂文二集·名人与名言》

不过在社会上，大概总以为名人的话就是名言，既是名人，也就无所不通，无所不晓，所以译一本欧洲史，就请英国话说得漂亮的名人校阅，编一本经济学，又乞古文做得好的名人题签；学界的名人绍介医生，说他"术擅岐黄"，商界的名人称赞画家，说他"精研六法"。……这也是一种现在的通病。

《且介亭杂文二集·名人与名言》

名人的流毒，在中国却较为利害，这还是科举的余波。那时候，儒生在私塾里揣摩高头讲章，和天下国家何涉，但一登第，真是"一举成名天下知"，他可以修史，可以衡文，可以临民，可以治河；到清朝之末，更可以办学校，开煤矿，练新军，造战舰，条陈新政，出洋考察了。

《且介亭杂文二集·名人与名言》

我们是应该将"名人的话"和"名言"分开来的，名人的话并不都是名言；许多名言，倒出自田夫野老之口。这也就是说，我们应该分别名人之所以名，是由于那一门，而对于他的专门以外的纵谈，却加以警戒。

《且介亭杂文二集·名人与名言》

"无毒不丈夫",形诸笔墨,却还不过是小毒。最高的轻蔑是无言,而且连眼珠也不转过去。

《且介亭杂文末编·半夏小集》

假使我的血肉该喂动物,我情愿喂狮虎鹰隼,却一点也不给癞皮狗们吃。养肥了狮虎鹰隼,它们在天空,岩角,大漠,丛莽里是伟美的壮观,捕来放在动物园里,打死制成标本,也令人看了神旺,消去鄙吝的心。但养胖一群癞皮狗,只会乱钻,乱叫,可多么讨厌!

《且介亭杂文末编·半夏小集》

损着别人的牙眼,却反对报复,主张宽容的

人，万勿和他接近。

《且介亭杂文末编·死》

中国中流的家庭，教孩子大抵只有两种法。其一，是任其跋扈，一点也不管，骂人固可，打人亦无不可，在门内或门前是暴主，是霸王，但到外面，便如失了网的蜘蛛一般，立刻毫无能力。其二，是终日给以冷遇或呵斥，甚而至于打扑，使他畏葸退缩，仿佛一个奴才，一个傀儡，然而父母却美其名曰"听话"，自以为是教育的成功，待到放他到外面来，则如暂出樊笼的小禽，他决不会飞鸣，也不会跳跃。

《南腔北调集·上海的儿童》

伶俐人实在伶俐,所以,决不攻难古人,摇动古例的。古人做过的事,无论什么,今人也都会做出来。而辩护古人,也就是辩护自己。况且我们是神州华胄,敢不"绳其祖武"么?

《华盖集·忽然想到(四)》

有钱不能就有文才,比"儿女成行"并不一定明白儿童的性质更明白。"儿女成行"只能证明他两口子的善于生,还会养,却并无妄谈儿童的权利。

《花边文学·漫骂》

儿童的行为,出于天性,也因环境而改变,所以孔融会让梨。打起来的,是家庭的影响,便是

鲁迅箴言·社会

成人，不也有争家私，夺遗产的吗？孩子学了样了。

《花边文学·漫骂》

现在的所谓教育，世界上无论那一国，其实都不过是制造许多适应环境的机器的方法罢了。要适如其分，发展各各的个性，这时候还未到来，也料不定将来究竟可有这样的时候。

1925年3月18日致许广平

漫骂固然冤屈了许多好人，但含含胡胡的扑灭"漫骂"，却包庇了一切坏种。

《花边文学·漫骂》

豫言运命者也未尝没有人，看相的排八字，

到处都是。然而他们对于主顾，肯断定他穷到底的是很少的，即使有，大家的学说又不能相一致，甲说当穷，乙却说当富，这就使穷人不能确信他将来的一定的运命。

不信运命，就不能"安分"，穷人买奖券，便是一种"非分之想"。

《花边文学·运命》

叫人整年的悲愤，劳作的英雄们，一定是自己毫不知道悲愤，劳作的人物。在实际上，悲愤者和劳作者，是时时需要休息和高兴的。古埃及的奴隶们，有时也会冷然一笑。这是蔑视一切的笑。不懂得这笑的意义者，只有主子和自安于奴才生活，而劳作较少，并且失了悲愤的奴才。

《花边文学·新年》

暴露者揭发种种隐秘，自以为有益于人们，然而无聊的人，为消遣无聊计，是甘于受欺，并且安于自欺的，否则就更无聊赖。因为这，所以使戏法长存于天地之间，也所以使暴露幽暗不但为欺人者所深恶，亦且为被欺者所深恶。

《花边文学·朋友》

凡是人的灵魂的伟大的审问者，同时也一定是伟大的犯人。审问者在堂上举劾着他的恶，犯人在阶下陈述他自己的善；审问者在灵魂中揭发污秽，犯人在所揭发的污秽中阐明那埋藏的光耀。

《集外集·〈穷人〉小引》

用玩笑来应付敌人，自然也是一种好战法，

但触着之处，须是对手的致命伤，否则，玩笑终不过是一种单单的玩笑而已。

《花边文学·玩笑只当它玩笑(上)》

孩子是要别人教的，毛病是要别人医的，即使自己是教员或医生。但做人处世的法子，却恐怕要自己斟酌，许多别人开来的良方，往往不过是废纸。

《花边文学·安贫乐道法》

天下本无所谓闲事，只因为没有这许多遍管的精神和力量，于是便只好抓一点来管。为什么独抓这一点呢？自然是最和自己相关的，大则因为同是人类，或者同类，同志；小则，因为是同学，亲戚，同乡，——至少，也大概叨光过什么，虽然自己的显在意识上并不了然，或者其实了然，而故意装痴作傻。

《华盖集续编·杂论管闲事·做学问·灰色等》

人们因为能忘却，所以自己能渐渐脱离了受过的苦痛，也因为能忘却，所以往往照样地再犯前人的错误。被虐待的儿媳做了婆婆，仍然虐待儿媳，嫌恶学生的官吏，每是先前痛骂官吏的学生；现在压迫子女的，有时也就是十年前的家庭革命者。这也许与年龄和地位都有关系罢，但记性不佳也是一个很大的原因。

《坟·娜拉走后怎样》

人们在社会里,当初是并不这样彼此漠不相关的,但因豺狼当道,事实上因此出过许多牺牲,后来就自然的都走到这条道路上去。所以,在中国,尤其是在都市里,倘使路上有暴病倒地或者翻车摔伤的人,路人围观或甚至于高兴的人尽有,肯伸手来扶助一下的人却是极少的。这便是牺牲所换来的坏处。

《南腔北调集·经验》

从生活窘迫过来的人,一到了有钱,容易变成两种情形:一种是理想世界,替处同一境遇的人着想,便成为人道主义;一种是什么都是自己挣起来,从前的遭遇,使他觉得什么都是冷酷,便流为个人主义。我们中国大概是变成个人主义者多。

《集外集·文艺与政治的歧途》

在中国，凡是猛人（这是广州常用的话，其中可以包括名人，能人，阔人三种），都有这样的运命。

无论是何等样人，一成为猛人，则不问其"猛"之大小，我觉得他的身边便总有几个包围的人们，围得水泄不透。那结果，在内，是使该猛人逐渐变成昏庸，有近乎傀儡的趋势。在外，是使别人所看见的并非该猛人的本相，而是经过了包围者的曲折而显现的幻形。

《而已集·扣丝杂感》

约翰弥耳说："专制使人们变成冷嘲"。我们却天下太平，连冷嘲也没有。我想：暴君的专制使人们变成冷嘲，愚民的专制使人们变成死相。

《华盖集·忽然想到（五）》

近年尝听到本国人和外国人颂扬中国菜，说是怎样可口，怎样卫生，世界上第一，宇宙间第N。但我实在不知道怎样的是中国菜。我们有几处是嚼葱蒜和杂合面饼，有几处是用醋，辣椒，腌菜下饭；还有许多人是只能舐黑盐，还有许多人是连黑盐也没得舐。中外人士以为可口，卫生，第一而第N的，当然不是这些；应该是阔人，上等人所吃的肴馔。但我总觉得不能因为他们这么吃，便将中国菜考列一等，正如去年虽然出了两三位"高等华人"，而别的人们也还是"下等"的一般。

《华盖集续编·马上支日记》

西崽之可厌不在他的职业，而在他的"西崽相"。这里之所谓"相"，非说相貌，乃是"诚于中而形于外"的，包括着"形式"和"内容"而言。这"相"，是觉得洋人势力，高于群华人，自己懂洋话，近洋人，所以也高于群华人；但自己又系出黄帝，有古文明，深通华情，胜洋鬼子，所以也胜于势力高于群华人的洋人，因此也更胜于还在洋人之下的群华人。租界上的中国巡捕，也常常有这一种"相"。倚徙华洋之间，往来主奴之界，这就是现在洋场上的"西崽相"。

《且介亭杂文·题未定草（一至三）》

我的一个朋友从印度回来，说，那地方真古怪，每当自己走过恒河边，就觉得还要防被捉去杀掉而祭天。我在中国也时时起这一类的恐惧。普通认为 romantic 的，在中国是平常事。

《华盖集续编·马上支日记》

向来，我总不相信国粹家道德家之类的痛哭流涕是真心，即使眼角上确有珠泪横流，也须检查他手巾上可浸着辣椒水或生姜汁。什么保存国故，什么振兴道德，什么维持公理，什么整顿学风……心里可真是这样想？一做戏，则前台的架子，总与在后台的面目不相同。但看客虽然明知是戏，只要做得像，也仍然能够为它悲喜，于是这出戏就做下去了；有谁来揭穿的，他们反以为扫兴。

《华盖集续编·马上支日记之二》

然而看看中国的一些人，至少是上等人，他们的对于神，宗教，传统的权威，是"信"和"从"呢，还是"怕"和"利用"？只要看他们的善于变化,毫无特操,是什么也不信从的,但总要摆出和内心两样的架子来。要寻虚无党,在中国实在很不少;和俄国的不同的处所,只在他们这么想,便这么说,这么做,我们的却虽然这么想,却是那么说,在后台这么做,到前台又那么做……。将这种特别人物,另称为"做戏的虚无党"或"体面的虚无党"以示区别罢,虽然这个形容词和下面的名词万万联不起来。

《华盖集·马上支日记之二》

军队里也不好,排挤之风甚盛,勇敢无私的一定孤立,为敌所乘,同人不救,终至阵亡,而巧滑骑墙,专图地盘者反很得意。我有几个学生在军中,倘不同化,怕终不能占得势力,但若同化，则占得势力又于将来何益。

1925年3月31日致许广平

现在的中国电影，还在很受着这"才子+流氓"式的影响，里面的英雄，作为"好人"的英雄，也都是油头滑脑的，和一些住惯了上海，晓得怎样"拆梢"，"揩油"，"吊膀子"的滑头少年一样。看了之后，令人觉得现在倘要做英雄，做好人，也必须是流氓。

《二心集·上海文艺之一瞥》

我对于佛教先有一种偏见，以为坚苦的小乘教倒是佛教，待到饮酒食肉的阔人富翁，只要吃一餐素，便可以称为居士，算作信徒，虽然美其名曰大乘,流播也更广远,然而这教却因为容易信奉,因而变为浮滑,或者竟等于零了。革命也如此的,坚苦的进击者向前进行,遗下广大的已经革命的地方,使我们可以放心歌呼,也显出革命者的色彩,其实是和革命毫不相干。这样的人们一多,革命的精神反而会从浮滑,稀薄,以至于消亡,再下去是复旧。

《集外集拾遗补编·庆祝沪宁克复的那一边》

上海的日报上,电影的广告每天大概总有两大张,纷纷然竞夸其演员几万人,费用几百万,"非常的风情,浪漫,香艳(或哀艳),肉感,滑稽,恋爱,热情,冒险,勇壮,武侠,神怪……空前巨片",真令人觉得倘不前去一看,怕要死不瞑目似的。现在用这小镜子一照，就知道这些宝贝，十之九都可以归纳在文中所举的某一类，用意如何，目的何在，都明明白白了。但那些影片，本非以中国人为对象而作，所以运入中国的目的，也就和制作时候的用意不同，只如将陈旧枪炮，卖给武人一样，多吸收一些金钱而已。

《二心集·〈现代电影与有产阶级〉译者附记》

浙东的有一处的戏班中，有一种脚色叫作"二花脸"，译得雅一点，那么，"二丑"就是。他和小丑的不同，是不扮横行无忌的花花公子，也不扮一味仗势的宰相家丁，他所扮演的是保护公子的拳师，或是趋奉公子的清客。总之：身分比小丑高，而性格却比小丑坏。义仆是老生扮的，先以谏诤，终以殉主；恶仆是小丑扮的，只会作恶，到底灭亡。而二丑的本领却不同，他有点上等人模样，也懂些琴棋书画，也来得行令猜谜，但倚靠的是权门，凌蔑的是百姓，有谁被压迫了，他就来冷笑几声，畅快一下，有谁被陷害了，他又去吓唬一下，吆喝几声。不过他的态度又并不常常如此的，大抵一面又回过脸来，向台下的看客指出他公子的缺点，摇着头装起鬼脸道：你看这家伙，这回可要倒楣哩！这最末的一手，是二丑的特色。

《准风月谈·二丑艺术》

革命，反革命，不革命。革命的被杀于反革命的。反革命的被杀于革命的。不革命的或当作革命的而被杀于反革命的,或当作反革命的而被杀于革命的,或并不当作什么而被杀于革命的或反革命的。革命,革革命,革革革命,革革……。

《而已集·小杂感》

126

三 国民性

鲁迅箴言

中国文化传统为什么成了连累社会进步的"包袱"？中国民众为什么"一盘散沙"？这究竟是社会制度不合理造成的恶果，还是国人本性所致？鲁迅青年时代就苦苦思索国民性问题。他在日本留学时与同学探讨得出的结论是：中国人最缺乏诚和爱，深染诈伪无耻和猜疑相贼的毛病。他从事文学工作，就是想画出"国民的灵魂"来。

例如在小说《阿Q正传》中,他用典型化手法,把很多国民性缺点集中在一个人身上,懒惰、狡猾、欺负弱小、精神胜利法等等,引起读者的关注和反思。

鲁迅的国民性批判话语究竟来自哪里?有人说他摭拾了外国传教士的话语。但鲁迅在中国传统文化熏陶下成长,经历了从"小康坠入困顿"的世态炎凉,与形形色色的人打过交道,将中国文化与外国文化进行过对比,他有自己的判断。当然,鲁迅重视外国人对中国人的批评。他读过的日本安冈秀夫所著《从小说看来的支那民族性》一书列举了中国国民性的特点:过度置重于体面和仪容、安运命而肯罢休、能耐能忍、乏同情心多残忍性、个人主义和事大主义、过度的俭省和不正的贪财、泥虚礼而尚虚文、迷信深、耽享乐而淫风炽盛，等等，其很多观点来自鲁迅青年时期读过的另一本书，美国传教士史密斯（A.H.Smith）的《支那人气质》（Chinese Characteristics）。外国人对中国的批评，我们不一定完全赞同，但可以作为镜子，在对照中发现问题，有助于自醒和进步。鲁迅注意吸收外国人批评中国的著作中有理有据的部分，但也警惕那些立论偏颇或者存心侮辱的言词。例如安冈秀夫著作中引述威廉士（S.W.Williams）的《中国》（Middle Kingdom）中的论断，说从中国的饮食中就能看出中国人是"好色的国民"，他们寻求食物的原料时，大概以所想象的性欲的效能为目的。鲁迅认为这些"研究中国的外国人，想得太深，感得太敏"，遂得出武断而滑稽可笑的结论。

鲁迅一生不停告诫国人反观自省。逝世前十几天,他还劝告国人翻译些外国人批评中国人的著作,以为镜鉴。他坚信中国人有能力改正缺点:"其实,中国人是并非'没有自知'之明的,缺点只在有些人安于'自欺',由此并想'欺人'。譬如病人,患着浮肿,而讳疾忌医,但愿别人胡涂,误认他为肥胖。妄想既久,时而自己也觉得好像肥胖,并非浮肿;即使还是浮肿,也是一种特别的好浮肿,与众不同。如果有人,当面指明:这非肥胖,而是浮肿,且并不'好',病而已矣。那么,他就失望,含羞,于是成怒,骂指明者,以为昏妄。然而还想吓他,骗他,又希望他畏惧主人的愤怒和骂詈,惴恧的再看一遍，细寻佳处，改口说这的确是肥胖，于是他得到安慰，高高兴兴，放心的浮肿着了。……我至今还在希望有人翻出斯密斯的《支那人气质》来。看了这些，而自省，分析，明白那几点说的对，变革，挣扎，自做工夫，却不求别人的原谅和称赞，来证明究竟怎样的是中国人。"

什么叫"国粹"?照字面看来,必是一国独有,他国所无的事物了。换一句话,便是特别的东西。但特别未必定是好,何以应该保存?

譬如一个人,脸上长了一个瘤,额上肿出一颗疮,的确是与众不同,显出他特别的样子,可以算他的"粹"。然而据我看来,还不如将这"粹"割去了,同别人一样的好。

《热风·随感录三十五》

中国人总不肯研究自己。从小说来看民族性,也就是一个好题目。此外,则道士思想(不是道教,是方士)与历史上大事件的关系,在现今社会上的势力;孔教徒怎样使"圣道"变得和自己的无所不为相宜;战国游士说动人主的所谓

"利""害"是怎样的,和现今的政客有无不同;中国从古到今有多少文字狱;历来"流言"的制造散布法和效验等等……可以研究的新方面实在多。

《华盖集续编·马上支日记》

中国人底心理,是很喜欢团圆的,……大概人生现实的缺陷,中国人也很知道,但不愿意说出来;因为一说出来,就要发生"怎样补救这缺点"的问题,或者免不了要烦闷,要改良,事情就麻烦了。而中国人不大喜欢麻烦和烦闷,现在倘在小说里叙了人生底缺陷,便要使读者感着不快。所以凡是历史上不团圆的,在小说里往往给他团圆;没有报应的,给他报应,互相骗骗。——这实在是关于国民性的问题。

《中国小说的历史的变迁·唐之传奇文》

我独不解中国人何以于旧状况那么心平气和,于较新的机运就这么疾首蹙额;于已成之局那么委曲求全,于初兴之事就这么求全责备?

《华盖集·这个与那个》

看看中国的一些人,至少是上等人,他们的对于神,宗教,传统的权威,是"信"和"从"呢,还是"怕"和"利用"?只要看他们的善于变化,毫无特操,是什么也不信从的,但总要摆出和内心两样的架子来。要寻虚无党,在中国实在很不少;和俄国的不同的处所,只在他们这么想，便这么说，这么做，我们的却虽然这么想，却是那么说，在后台这么做，到前台又那么做……。将这种特别人物，另称为"做戏的虚无党"或"体面的虚无党"以示区别罢，虽然这个形容词和下面的名词万万联不起来。

《华盖集续编·马上支日记》

中国的人民是多疑的。无论那一国人，都指这为可笑的缺点。然而怀疑并不是缺点。总是疑，而并不下断语，这才是缺点。我是中国人，所以深知道这秘密。

《且介亭杂文末编·我要骗人》

中国人的性情是总喜欢调和，折中的。譬如

你说，这屋子太暗，须在这里开一个窗，大家一定不允许的。但如果你主张拆掉屋顶，他们就会来调和，愿意开窗了。没有更激烈的主张，他们总连平和的改革也不肯行。

《三闲集·无声的中国》

近乎"持中"的态度大概有二：一者"非彼即此"，二者"可彼可此"也。前者是无主意，不盲从，不附势，或者别有独特的见解；……后者则是"骑墙"，或是极巧妙的"随风倒"了，然而在中国最得法，所以中国人的"持中"大概是这个。倘改篡了旧对联来说明，就该是："似战，似和，似守；似死，似降，似走。"

《集外集·我来说"持中"的真相》

诚然，必须敢于正视，这才可望敢想，敢说，敢做，敢当。倘使并正视而不敢，此外还能成什么气候。然而，不幸这一种勇气，是我们中国人最缺乏的。

《坟·论睁了眼看》

中国人的确相信运命，但这运命是有方法转移的。所谓"没有法子"，有时也就是一种另想道路——转移运命的方法。等到确信这是"运命"，真真"没有法子"的时候，那是在事实上已经十足碰壁，或者恰要灭亡之际了。运命并不是中国人的事前的指导，乃是事后的一种不费心思的解释。

《且介亭杂文·运命》

中国人自然有迷信,也有"信",但好像很少"坚信"。我们先前最尊皇帝,但一面想玩弄他,也尊后妃,但一面又有些想吊她的膀子;畏神明,而又烧纸钱作贿赂,佩服豪杰,却不肯为他作牺牲。崇孔的名儒,一面拜佛,信甲的战士,明天信丁。

《且介亭杂文·运命》

"科学救国"已经叫了近十年,谁都知道这是很对的,并非"跳舞救国""拜佛救国"之比。……

科学不但并不足以补中国文化之不足,却更加证明了中国文化之高深。风水,是合于地理学的,门阀,是合于优生学的,炼丹,是合于化学的,放风筝,是合于卫生学的。

《花边文学·偶感》

每一新的事物进来，起初虽然排斥，但看到有些可靠，就自然会改变。不过并非将自己变得合于新事物，乃是将新事物变得合于自己而已。

《华盖集·补白》

每一新制度，新学术，新名词，传入中国，便如落在黑色染缸，立刻乌黑一团，化为济私助焰之具，科学，亦不过其一而已。此弊不去，中国是无药可救的。

《花边文学·偶感》

中国人总只喜欢一个"名"，只要有新鲜的名目，便取来玩一通，不久连这名目也糟蹋了，便放开，另外又取一个。真如黑色的染缸一样，放下去，没有不乌黑的。譬如"伟人""教授""学者""名人""作家"这些称呼，当初何尝不冠冕，现在却听去好像讽刺了，一切无不如此。

1934年4月22日致姚克

"面子"，是我们在谈话里常常听到的，因为好像一听就懂，所以细想的人大约不很多。

但近来从外国人的嘴里，有时也听到这两个音，他们似乎在研究。他们以为这一件事情，很不容易懂，然而是中国精神的纲领，只要抓住这个，就像二十四年前的拔住了辫子一样，全身都跟着走动了。相传前清时候，洋人到总理衙门去要求利益，一通威吓，吓得大官们满口答应，但临走时，却被从边门送出去。不给他走正门，就是他没有面子；他既然没有了面子，自然就是中国有了面子，也就是占了上风了。这是不是事实，我断不定，但这故事，"中外人士"中是颇有些人知道的。

因此，我颇疑心他们想专将"面子"给我们。

《且介亭杂文·说"面子"》

中国人有一种矛盾思想，即是：要子孙生存，而自己也想活得很长久，永远不死；及至知道没法可想，非死不可了，却希望自己的尸身永远不腐烂。但是，想一想罢，如果从有人类以来的人们都不死，地面上早已挤得密密的，现在的我们早已无地可容了；如果从有人类以来的人们的尸身都不烂,岂不是地面上的死尸早已堆得比鱼店里的鱼还要多,连掘井,造房子的空地都没有了么?所以,我想,凡是老的,旧的,实在倒不如高高兴兴的死去的好。

《集外集拾遗·老调子已经唱完》

中国的老先生们——连二十岁上下的老先生们都算在内——不知怎的总有一种矛盾的意见,就是将女人孩子看得太低,同时又看得太高。妇孺是上不了场面的;然而一面又拜才女,捧神童,甚至于还想借此结识一个阔亲家,使自己也连类飞黄腾达。什么木兰从军,缇萦救父,更其津津乐道,以显示自己倒是一个死不挣气的瘟虫。对于学生也是一样,既要他们"莫谈国事",又要他们独退番兵,退不了,就冷笑他们无用。

《华盖集·补白》

自己一面点电灯,坐火车,吃西餐,一面却骂科学,讲国粹,确是所谓"士大夫"的坏处。印度的甘地,是反英的,他不但不用英国货,连生起病来,也不用英国药,这才是"言行一致"。但中国的读书人,却往往只讲空话,以自示其不凡了。

1936年2月15日致阮善先

我们中国人总喜欢说自己爱和平,但其实,是爱斗争的,爱看别的东西斗争,也爱看自己们斗争。最普通的是斗鸡,斗蟋蟀,南方有斗黄头鸟,斗画眉鸟,北方有斗鹌鹑,一群闲人们围着呆看,还因此睹输赢。古时候有斗鱼,现在变把戏的会使跳骚打架。

《伪自由书·观斗》

中国开一个运动会,却每每因为决赛而至于打架;日子早过去了,两面还仇恨着。在社会上,也大抵无端的互相仇视,什么南北,什么省道府县,弄得无可开交,个个满脸苦相。我因此对于中国人爱和平这句话,很有些怀疑,很觉得恐怖。我想如果中国有战前的德意志一半强,不知国民性是怎么一种颜色。

《译文序跋集·〈一个青年的梦〉译者序》

中国国民性的堕落,我觉得并不是因为顾家,他们也未尝为"家"设想。最大的病根,是眼光不远，加以"卑怯"与"贪婪"，但这是历久养成的，一时不容易去掉。我对于攻打这些病根的工作，倘有可为，现在还不想放手，但即使有效，也恐很迟，我自己看不见了。

1925年4月8日致许广平

造谣说谎诬陷中伤也都是中国的大宗国粹，这一类事实，古来很多，鬼祟著作却都消灭了。不肖子孙没有悟，还是层出不穷的做。不知他们做了以后，自己可也觉得无价值么。如果觉得，实在劣得可怜。如果不觉，又实在昏得可怕。

《集外集拾遗补编·寸铁》

骄和谄相纠结的,是没落的古国人民的精神的特色。

《二心集·〈现代电影与有产阶级〉译者附记》

一见短袖子,立刻想到白臂膊,立刻想到全裸体,立刻想到生殖器,立刻想到性交,立刻想到杂交,立刻想到私生子。中国人的想象惟在这一层能够如此跃进。

《而已集·小杂感》

我看中国的许多智识分子,嘴里用各种学说和道理,来粉饰自己的行为,其实却只顾自己一个的便利和舒服,凡有被他遇见的,都用作生活的材料,一路吃过去,像白蚁一样,而遗留下来的，却只是一条排泄的粪。

1935年4月23日致萧军、萧红

凡有知识分子，性质不好的多，尤其是所谓"文学家"，左翼兴盛的时候，以为这是时髦，立刻左倾，待到压迫来了，他受不住，又即刻变化，甚而至于卖朋友，作为倒过去的见面礼。

1934年11月17日致萧军、萧红

譬如中国人，凡是作文章，总说"有利然而又有弊"，这最足以代表知识阶级的思想。其实无论什么都是有弊的，就是吃饭也是有弊的，它能滋养我们这方面是有利的；但是一方面使我们消化器官疲乏，那就不好而有弊了。假使做事要面面俱到，那就什么事都不能做了。

《集外集拾遗补编·关于知识阶级》

中国的作文和做人，都要古已有之，但不可直钞整篇，而须东拉西扯，补缀得看不出缝，这才算是上上大吉。所以做了一大通，还是等于没有做，而批评者则谓之好文章或好人。社会上一切，什么也没有进步的病根就在此。

《二心集·做古文和做好人的秘诀》

北人的优点是厚重，南人的优点是机灵。但厚重之弊也愚，机灵之弊也狡，所以某先生曾经指出缺点道：北方人是"饱食终日，无所用心"；南方人是"群居终日，言不及义"。就有闲阶级而言，我以为大体是的确的。

《花边文学·北人与南人》

相书上有一条说，北人南相，南人北相者贵。我看这并不是妄语。北人南相者，是厚重而又机灵，南人北相者，不消说是机灵而又能厚重。昔人之所谓"贵"，不过是当时的成功，在现在，那就是做成有益的事业了。这是中国人的一种小小的自新之路。

《花边文学·北人与南人》

我们中国是大人用的玩具多：姨太太，鸦片枪，麻雀牌，《毛毛雨》，科学灵乩，金刚法会，还有别的，忙个不了，没有工夫想到孩子身上去了。虽是儿童年,虽是前年身历了战祸,也没有因此给儿童创出一种纪念的小玩意,一切都是照样抄。

《花边文学·玩具》

中国本来有"捧戏子"的脾气,加以唐宋以来,偷生的小市民就已崇拜替自己打不平的"剑侠",于是《七侠五义》,《七剑十八侠》,《荒山怪侠》,《荒林女侠》,……层出不穷;看了电影,就佩服洋《七侠五义》即《三剑客》之类。古洋侠客往矣,只好佩服扮洋侠客的洋戏子,算是"过屠门而大嚼,虽不得肉,亦且快意",正如捧梅兰芳者,和他所扮的天女,黛玉等辈,决不能说无关一样,原是不足怪的。

《二心集·〈现代电影与有产阶级〉译者附记》

我们中国的最伟大最永久的艺术是男人扮女人。

异性大抵相爱。太监只能使别人放心,决没有人爱他,因为他是无性了,——假使我用了这"无"字还不算什么语病。然而也就可见虽然最难放心,但是最可贵的是男人扮女人了,因为从两性看来,都近于异性,男人看见"扮女人",女人看见"男人扮",所以这就永远挂在照相馆的玻璃窗里,挂在国民的心中。外国没有这样的完全的艺术家,所以只好任凭那些捏锤凿,调采色,弄墨水的人们跋扈。

我们中国的最伟大最永久,而且最普遍的艺术也就是男人扮女人。

《坟·论照相之类》

中国人是并非"没有自知"之明的，缺点只在有些人安于"自欺"，由此并想"欺人"。譬如病人，患着浮肿，而讳疾忌医，但愿别人胡涂，误认他为肥胖。

《且介亭杂文末编·"立此存照"（三）》

我以为国民倘没有智，没有勇，而单靠一种所谓"气"，实在是非常危险的。

《而已集·小杂感》

中国人自己诚然不善于战争，却并没有诅咒战争；自己诚然不愿出战，却并未同情于不愿出战的他人；……

《译文序跋集·〈一个青年的梦〉译者序二》

爱国之士又说，中国人是爱和平的。但我殊不解既爱和平，何以国内连年打仗？或者这话应该修正：中国人对外国人是爱和平的。

我们仔细查察自己，不再说谎的时候应该到来了，一到不再自欺欺人的时候，也就是到了看见希望的萌芽的时候。

我不以为自承无力，是比自夸爱和平更其耻辱。

《华盖集·补白》

惟武力之恃而狼藉人之自由，虽云爱国，顾为兽爱。即今之君子，日日言爱国者，于国有诚为人爱而不坠于兽爱者，亦仅见也。

《坟·摩罗诗力说》

现在的强弱之分固然在有无枪炮,但尤其是在拿枪炮的人。假使这国民是卑怯的,即纵有枪炮,也只能杀戮无枪炮者,倘敌手也有,胜败便在不可知之数了。这时候才见真强弱。

《华盖集·补白》

群众,——尤其是中国的——永远是戏剧的看客。牺牲上场,如果显得慷慨,他们就看了悲壮剧;如果显得觳觫来,他们就看了滑稽剧。北京的羊肉铺前常有几个人张着嘴看剥羊,仿佛颇愉快,人们的牺牲能给予他们的益处,也不过如此。

《坟·娜拉走后怎样》

我幼时曾经牙痛，历试诸方，只有用细辛者稍有效，但也不过麻痹片刻，不是对症药。至于拔牙的所谓"离骨散"，乃是理想之谈，实际上并没有。西法的牙医一到，这才根本解决了；但在中国人手里一再传，又每每只学得镶补而忘了去腐杀菌，仍复渐渐地靠不住起来。牙痛了二千年，敷敷衍衍的不想一个好方法，别人想出来了，却又不肯好好地学……

《华盖集·忽然想到（一）》

外国的平易地讲述学术文艺的书，往往夹杂些闲话或笑话，使文章增添活气，读者感到格外的兴趣，不易于疲倦。但中国的有些一本，却将这些删去，但留下艰难的讲学语，使他复近于教科书。这正如折花者,除尽枝叶,单留花朵,折花固然是折花,然而花枝的活气却灭尽了。人们到了失去余裕心,或不自觉地满抱了不留余地心时,这民族的将来恐怕就可虑。

《华盖集·忽然想到(二)》

中国人不但"不为戎首","不为祸始",甚至于"不为福先"。所以凡事都不容易有改革;前驱和闯将,大抵是谁也怕得做。然而人性岂真能如道家所说的那样恬淡;欲得的却多。既然不敢径取,就只好用阴谋和手段。以此,人们也就日见其卑怯了,既是"不为最先",自然也不敢"不耻最后",所以虽是一大堆群众,略见危机,便"纷纷作鸟兽散"了。如果偶有几个不肯退转,因而受害的,公论家便异口同声,称之曰傻子。对于"锲而不舍"的人们也一样。

《华盖集·这个与那个》

中国人倘有权力,看见别人奈何他不得,或者有"多数"作他护符的时候,多是凶残横恣,宛然一个暴君,做事并不中庸;待到满口"中庸"时,乃是势力已失,早非"中庸"不可的时候了。一到全败,则又有"命运"来做话柄,纵为奴隶,也处之泰然,但又无往而不合于圣道。这些现象,实在可以使中国人败亡,无论有没有外。

《华盖集·通讯》

就是那刚刚说过的日本人,他们做文章论及

中国的国民性的时候，内中往往有一条叫作"善于宣传"。看他的说明，这"宣传"两字却又不像是平常的"propaganda"，而是"对外说谎"的意思。……这就是我之所谓"做戏"。但这普遍的做戏，却比真的做戏还要坏。真的做戏，是只有一时；戏子做完戏，也就恢复为平常状态的。杨小楼做《单刀赴会》，梅兰芳做《黛玉葬花》，只有在戏台上的时候是关云长，是林黛玉，下台就成了普通人，所以并没有大弊。倘使他们扮演一回之后，就永远提着青龙偃月刀或锄头，以关老爷，林妹妹自命，怪声怪气，唱来唱去，那就实在只好算是发热昏了。

《二心集·宣传与做戏》

鲁迅箴言·国民性

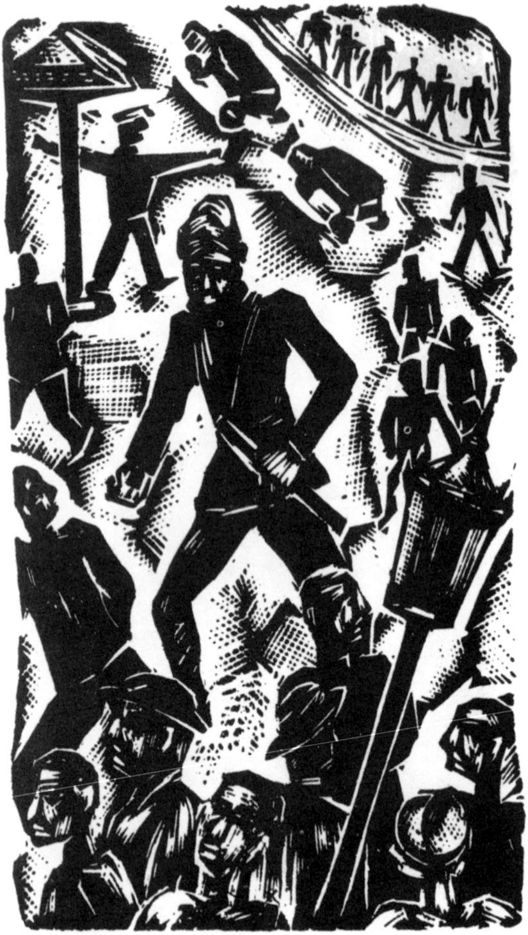

四 改革

鲁迅尽管对中国历史、社会和国民性有失望,甚至时有愤激和悲观情绪,但他从来没有放弃对进步的希望。他怀抱改革信念,采取韧性战斗姿态,不气馁,不怨尤。他认为黑暗只能附丽于渐就灭亡的事物,这些事物一灭亡,黑暗也就一同灭亡了;而将来是总要光明起来的。

鲁迅从事创作之初,发出了"救救孩子"的呐喊。青年是希望所在,鲁迅寄希望于青年。他对青年的惰性给予批评，对青年的幼稚给予包容；他竭力提携青年，与他们一道前进。鲁迅本人一生保持着理想的信念和青春的热情，以战士姿态现身，一息尚存，奋斗不止。

鲁迅认识到改革的必然性和重要性，指出"文化的改革如长江大河的流行，无法遏止"；鲁迅也深知改革的艰难："近来我悟到凡带一点改革性的主张，倘于社会无涉，才可以做为'废话'而留存，万一见效，提倡者即大概不免吃苦或杀身之祸。古今中外，其揆一也。"改革的阻力来自各个方面，如："体质和精神都已硬化了的人民，对于极小的一点改革，也无不加以阻挠，表面上好像恐怕于自己不便，其实是恐怕于自己不利，但所设的口实，却往往见得极其公正而且堂皇。"因此，改革者必须有韧性，脚踏实地做工作。他特别强调改革要从自己改起："中国现在的人心中，不平和愤恨的分子太多了。不平还是改造的引线，但必须先改造了自己，再改造社会，改造世界；万不可单是不平。至于愤恨，却几乎全无用处。"因此，鲁迅固然时时解剖别人，然而更多的是更无情面地解剖自己。

中国有改革者，有仁人志士。这些仁人志士，鲁迅称其为"中国的脊梁"。他在运动会的一个场景中发现了中国的脊梁："优胜者固然可敬，但那虽然落后而仍非跑至终点不止的竞技者，和见了这样竞技者而肃然不笑的看客，乃正是中国将来的脊梁。"他读中国历史，有更多的发现："我们从古以来,就有埋头苦干的人,有拚命硬干的人,有为民请命的人,有舍身求法的人,……虽是等于为帝王将相作家谱的所谓'正史',也往往掩不住他们的光耀,这就是中国的脊梁。这一类的人们,就是现在也何尝少呢?他们有确信,不自欺;他们在前仆后继的战斗,不过一面总在被摧残,被抹杀,消灭于黑暗中,不能为大家所知道罢了。"

有脊梁,中国就有希望。这是鲁迅的"晚年定论"。

鲁迅本人正是这样的"脊梁"。中国今日和未来的改革事业,应该从鲁迅精神中吸取营养,承接动力。"驱逐""解构""抛弃"鲁迅是可悲的,也是危险的。郁达夫在鲁迅去世后写道:"没有伟大的人物出现的民族,是世界上最可怜的生物之群;有了伟大的人物,而不知拥护,爱戴,崇仰的国家,是没有希望的奴隶之邦。"

大同的世界，怕一时未必到来，即使到来，像中国现在似的民族，也一定在大同的门外，所以我想无论如何，总要改革才好。

1925年4月8日致许广平

造物的皮鞭没有到中国的脊梁上时，中国便永远是这一样的中国，决不肯自己改变一支毫毛！

《呐喊·头发的故事》

可惜中国太难改变了，即使搬动一张桌子，改装一个火炉，几乎也要血；而且即使有了血，也未必一定能搬动，能改装。不是很大的鞭子打在背上，中国自己是不肯动弹的。

《坟·娜拉走后怎样》

改革最快的还是火与剑，孙中山奔波一世，而中国还是如此者，最大原因还在他没有党军，因此不能不迁就有武力的别人。近几年似乎他们也觉悟了，开起军官学校来，惜已太晚。

1925年4月8日致许广平

生在陈腐的古国的人们，倘不是洪福齐天，将来要得内务部的褒扬的，大抵总觉到一种肿痛，有如生着未破的疮。未尝生过疮的，生而未尝割治的，大概都不会知道；否则，就明白一割的创痛，比未割的肿痛要快活得多。这就是所谓"痛快"罢？我就是想借此先将那肿痛提醒，而后将这"痛快"分给同病的人们。

《译文序跋集·〈出了象牙之塔〉后记》

我们究竟还是未经革新的古国的人民,所以也还是各不相通,并且连自己的手也几乎不懂自己的足。

《集外集·俄文译本〈阿Q正传〉序及著者自叙传略》

体质和精神都已硬化了的人民,对于极小的一点改革,也无不加以阻挠,表面上好像恐怕于自己不便,其实是恐怕于自己不利,但所设的口实,却往往见得极其公正而且堂皇。

《二心集·习惯与改革》

施行刺激,总须有若干人有感动性才有应验,就是所谓须是木材,始能以一颗小火燃烧,倘是沙石,就无法可想,投下火柴去,反而无聊。所以我总觉得还该耐心挑拨煽动，使一部分有些生气才好。

1925年4月22日致许广平

中国的精神文明，早被枪炮打败了，经过了许多经验，已经要证明所有的还是一无所有。讳言这"一无所有"，自然可以聊以自慰；倘更铺排得好听一点，还可以寒天烘火炉一样，使人舒服得要打盹儿。但那报应是永远无药可医，一切牺牲全都白费，因为在大家打着盹儿的时候，狐鬼反将牺牲吃尽，更加肥胖了。

《华盖集·忽然想到（十一）》

但看中国进化的情形，却有两种特别的现象：

一种是新的来了好久之后而旧的又回复过来,即是反复;一种是新的来了好久之后而旧的并不废去,即是羼杂。

《中国小说的历史的变迁·从神话到神仙传》

这并未改革的社会里,一切单独的新花样,都不过是一块招牌,实际上和先前并无两样。

《南腔北调集·关于妇女解放》

中国现在的人心中,不平和愤恨的分子太多了。不平还是改造的引线,但必须先改造了自己,再改造社会,改造世界;万不可单是不平。至于愤恨,却几乎全无用处。

《热风·随感录六十二 恨恨而死》

一到不再自欺欺人的时候，也就是到了看见希望的萌芽的时候。我不以为自承无力，是比自夸爱和平更其耻辱。

《华盖集·补白》

自然赋与人们的不调和还很多，人们自己萎缩堕落退步的也还很多，然而生命决不因此回头。无论什么黑暗来防范思潮，什么悲惨来袭击社会，什么罪恶来亵渎人道，人类的渴仰完全的潜力，总是踏了这些铁蒺藜向前进。

《热风·随感录六十六》

说到中国的改革，第一著自然是扫荡废物，以造成一个使新生命得能诞生的机运。

《译文序跋集·〈出了象牙塔〉后记》

什么是路？就是从没路的地方践踏出来的，从只有荆棘的地方开辟出来的。

《热风·随感录六十六》

希望是本无所谓有，无所谓无的。这正如地上的路；其实地上本没有路，走的人多了，也便成了路。

《呐喊·故乡》

生命的路是进步的，总是沿着无限的精神三角形的斜面向上走，什么都阻止他不得。

《热风·随感录六十六》

要治这麻木状态的国度，只有一法，就是"韧"，也就是"锲而不舍"。逐渐的做一点，总不肯休，不至于比"轻于一掷"无效的。

1925年4月14日致许广平

弄文学的人，只要（一）坚忍，（二）认真，（三）

韧长，就可以了。不必因为有人改变，就悲观的。

1933年10月7日致胡今虚

要自己和别人，都纯洁聪明勇猛向上。要除去虚伪的脸谱。要除去世上害己害人的昏迷和强暴。

《坟·我之节烈观》

倘若一定要问我青年应当向怎样的目标，那么，我只可以说出我为别人设计的话，就是：一要生存，二要温饱，三要发展。有敢来阻碍这三事者，无论是谁，我们都反抗他，扑灭他！可是还得附加几句话以免误解，就是：我之所谓生存，并不是苟活；所谓温饱，并不是奢侈；所谓发展，也不是放纵。

《华盖集·北京通信》

用秕谷来养青年，是决不会壮大的，将来的成就，且要更渺小，那模样，可看尼采所描写的"末人"。

《准风月谈·由聋而哑》

青年又何须寻那挂着金字招牌的导师呢？不如寻朋友，联合起来，同向着似乎可以生存的方向走。你们所多的是生力，遇见深林，可以辟成平地的，遇见旷野，可以栽种树木的，遇见沙漠，可以开掘井泉的。问什么荆棘塞途的老路，寻什么乌烟瘴气的鸟导师！

《华盖集·导师》

我早就很希望中国的青年站出来，对于中国的社会，文明，都毫无忌惮地加以批评，因此曾编印

《莽原周刊》,作为发言之地,可惜来说话的竟很少。

《华盖集·题记》

青年又何能一概而论?有醒着的,有睡着的,有昏着的,有躺着的,有玩着的,此外还多。但是,自然也有要前进的。

《华盖集·导师》

"自卑"固然不好,"自负"也不好的,容易停滞。我想,顶好是不要自馁,总是干;但也不可自满,仍旧总是用功。要不然,输出多而输入少,后来要空虚的。

1935年4月12日致萧军

鲁迅箴言·改革

在进取的国民中，性急是好的，但生在麻木如中国的地方，却容易吃亏，纵使如何牺牲，也无非毁灭自己，于国度没有影响。我记得先前在学校演说时候也曾说过，要治这麻木状态的国度，只有一法，就是"韧"，也就是"锲而不舍"。逐渐的做一点，总不肯休，不至于比"踔厉风发"无效的。

1925年4月14日致许广平

见事太明，做事即失其勇，庄子所谓"察见渊鱼者不祥"，盖不独谓将为众所忌，且于自己的前进亦复大有妨碍也。

1925年3月31日致许广平

做一件事，无论大小，倘无恒心，是很不好

的。而看一切太难，固然能使人无成，但若看得太容易，也能使事情无结果。

1934年4月19日致陈烟桥

假定现今觉悟的青年的平均年龄为二十，又假定照中国人易于衰老的计算，至少也还可以共同抗拒，改革，奋斗三十年。不够，就再一代，二代……。这样的数目，从个体看来，仿佛是可怕的，但倘若这一点就怕，便无药可救，只好甘心灭亡。因为在民族的历史上，这不过是一个极短时期，此外实没有更快的捷径。我们更无须迟疑，只是试练自己，自求生存，对谁也不怀恶意的干下去。

《华盖集·忽然想到（十）》

但足以破灭这运动的持续的危机,在目下就有三样:一是日夜偏注于表面的宣传,鄙弃他事;二是对同类太操切,稍有不合,便呼之为国贼,为洋奴;三是有许多巧人,反利用机会,来猎取自己目前的利益。

《华盖集·忽然想到(十)》

多数的力量是伟大,要紧的,有志于改革者倘不深知民众的心,设法利导,改进,则无论怎样的高文宏议,浪漫古典,都和他们无干,仅止于几个人在书房中互相叹赏,得些自己满足。

《二心集·习惯与改革》

倘不深入民众的大层中,于他们的风俗习惯,加以研究，解剖，分别好坏，立存废的标准，而于存于废，都慎选施行的方法，则无论怎样的改革，都将为习惯的岩石所压碎，或者只在表面上浮游一些时。

《二心集·习惯与改革》

那些维持现状的先生们，貌似平和，实乃进步的大害。最可笑的是他们对于已经错定的，无可如何，毫无改革之意，只在防患未然，不许"新错"，这岂不可笑。

1935年4月10日致曹聚仁

维持现状说是任何时候都有的，赞成者也不会少，然而在任何时候都没有效，因为在实际上决定做不到。假使古时候用此法，就没有今之现状，今用此法，也就没有将来的现状，直至辽远的将来，一切都和太古无异。

《且介亭杂文二集·从"别字"说开去》

无破坏即无新建设，大致是的；但有破坏却未必即有新建设。卢梭，斯谛纳尔，尼采，托尔斯泰，伊孛生等辈，若用勃兰兑斯的话来说，乃是"轨道破坏者"。其实他们不单是破坏，而且是扫除，是大呼猛进，将碍脚的旧轨道不论整条或碎片，一扫而空，并非想挖一块废铁古砖挟回家去，预备卖给旧货店。中国很少这一类人，即使有之，也会被大众的唾沫淹死。

《坟·再论雷峰塔的倒掉》

人必须从此有记性，观四向而听八方，将先前一切自欺欺人的希望之谈全都扫除，将无论是谁的自欺欺人的假面全都撕掉，将无论是谁的自欺欺人的手段全都排斥，总而言之，就是将华夏传统的所有小巧的玩艺儿全都放掉，倒去屈尊学学枪击我们的洋鬼子，这才可望有新的希望的萌芽。

《华盖集·忽然想到（十一）》

我每看运动会时，常常这样想：优胜者固然可敬，但那虽然落后而仍非跑至终点不止的竞技者，和见了这样竞技者而肃然不笑的看客，乃正是中国将来的脊梁。

《华盖集·这个与那个》

回复故道的事是没有的,一定有迁移;维持现状的事也是没有的,一定有改变。有百利而无一弊的事也是没有的,只可权大小。

《且介亭杂文二集·从"别字"说开去》

革命当然有破坏,然而更需要建设,破坏是痛快的,但建设却是麻烦的事。

《二心集·对于左翼作家联盟的意见》

一面有残毁者,一面也有保全,补救,推进者,世界这才不至于荒废。我是愿意属于后一类,也分明属于后一类的。

《〈坏孩子和别的奇闻〉译者后记》

鲁迅箴言・改革

A/P 社戏　　鲁迅小说插图之九　　　　　　　　1981

对于旧社会和旧势力的斗争,必须坚决,持久不断,而且注重实力。旧社会的根柢原是非常坚固的,新运动非有更大的力不能动摇它什么。并且旧社会还有它使新势力妥协的好办法,但它自己是决不妥协的。

《二心集·对于左翼作家联盟的意见》

中国现在的人心中,不平和愤恨的分子太多了。不平还是改造的引线,但必须先改造了自己,再改造社会,改造世界;万不可单是不平。至于愤恨,却几乎全无用处。

《热风·随感录六十二》

由历史所指示,凡有改革,最初,总是觉悟的智识者的任务。但这些智识者,却必须有研究,能思索，有决断，而且有毅力。他也用权，却不是骗人，他利导，却并非迎合。他不看轻自己，以为是大家的戏子，也不看轻别人，当作自己的喽罗。他只是大众中的一个人，我想，这才可以做大众的事业。

《且介亭杂文·门外文谈》

先觉的人，历来总被阴险的小人昏庸的群众迫压排挤倾陷放逐杀戮。中国又格外凶。然而酋长终于改了君主。君主终于预备立宪，预备立宪又终于变了共和了。喜欢暗夜的妖怪多，虽然能教暂时黯淡一点，光明却总要来。有如天亮，遮掩不住。想遮掩白费气力的。

《集外集拾遗补编·寸铁》

即使艰难,也还要做;愈艰难,就愈要做。改革,是向来没有一帆风顺的,冷笑家的赞成,是在见了成效之后,……

《且介亭杂文·中国语文的新生》

个人的生命是可宝贵的,但一代的真理更可宝贵,生命牺牲了而真理昭然于天下,这死是值得的,就是不可以太打浑了水,把人家弄得不明不白。

《且介亭杂文·附记》

文化的改革如长江大河的流行,无法遏止,假使能够遏止,那就成为死水,纵不干涸,也必腐败的。

《且介亭杂文二集·从"别字"说开去》

我们要革新的破坏者,因为他内心有理想的光。我们应该知道他和寇盗奴才的分别;应该留心自己堕入后两种。这区别并不烦难,只要观人,省己,凡言动中,思想中,含有借此据为己有的朕兆者是寇盗,含有借此占些目前的小便宜的朕兆者是奴才,无论在前面打着的是怎样鲜明好看的旗子。

《坟·再论雷峰塔的倒掉》

凡动物较高等的,对于幼雏,除了养育保护以外,往往还教他们生存上必需的本领。例如飞禽便教飞翔,鸷兽便教搏击。人类更高几等,便也有愿意子孙更进一层的天性。这也是爱,上文所说的是对于现在,这是对于将来。只要思想未遭锢蔽的人,谁也喜欢子女比自己更强,更健康,更聪明高尚,——更幸福;就是超越了自己,超越了过去。超越便须改变,所以子孙对于祖先的事,应该改变,"三年无改于父之道可谓孝矣",当然是曲说,是退婴的病根。假使古代的单细胞动物,也遵着这教训,那便永远不敢分裂繁复,世界上再也不会有人类了。

《坟·我们现在怎样做父亲》

近来我悟到凡带一点改革性的主张,倘于社会无涉,才可以做为"废话"而留存,万一见效,提倡者即大概不免吃苦或杀身之祸。古今中外,其揆一也。

《而已集·答有恒先生》

幻想飞得太高,堕在现实上的时候,伤就格外沉重了;力气用得太骤,歇下来的时候,身体就难于动弹了。为一般计,或者不如知道自己所有的不过是"人力",倒较为切实可靠罢。

《华盖集·补白》

志愿愈大,希望愈高,可以致力之处就愈少,可以自解之处也愈多。

《三闲集·叶永蓁作〈小小十年〉小引》

我们所可以自慰的,想来想去,也还是所谓对于将来的希望。希望是附丽于存在的,有存在,便有希望;有希望,便是光明。

《华盖集续编·记谈话》

无论爱什么,——饭,异性,国,民族,人类等等,——只有纠缠如毒蛇,执着如怨鬼,二六时中,没有已时者有望。

《华盖集·杂感》

不必问现在要什么,只要问自己能做什么。

1934年10月9日致萧军

宣传的事,是必须在现在或到后来有事实来证明的,这才可以叫作宣传。而中国现行的所谓宣传,则不但后来只有证明这"宣传"确凿就是说谎的事实而已,还有一种坏结果,是令人对于凡有记述文字逐渐起了疑心,临末弄得索性不看。

《南腔北调集·林克多〈苏联闻见录〉序》

比较是医治受骗的好方子。乡下人常常误认一种硫化铜为金矿,空口是和他说不明白的,或者他还会赶紧藏起来,疑心你要白骗他的宝贝。但如果遇到一点真的金矿,只要用手掂一掂轻重,他就死心塌地:明白了。

《且介亭杂文·随便翻翻》

做解放子女的父母,也应预备一种能力。便是自己虽然已经带着过去的色采,却不失独立的本领和精神,有广博的趣味,高尚的娱乐。

《坟·我们现在怎样做父亲》

烧鬼屋地契 1947

我们先前的批评法，是说，这苹果有烂疤了，要不得，一下子抛掉。然而买者的金钱有限，岂不是大冤枉，而况此后还要穷下去。所以，此后似乎最好还是添几句，倘不是穿心烂，就说：这苹果有着烂疤了，然而这几处没有烂，还可以吃得。……所以，我又希望刻苦的批评家来做剜烂苹果的工作，这正如"拾荒"一样，是很辛苦的，但也必要，而且大家有益的。

《准风月谈·关于翻译（下）》

对于群众，在引起他们的公愤之余，还须设法注入深沉的勇气，当鼓舞他们的感情的时候，还须竭力启发明白的理性；而且还得偏重于勇气和理性，从此继续地训练许多年。

《坟·杂忆》

旧瓶可以装新酒，新瓶也可以装旧酒，倘若不信，将一瓶五加皮和一瓶白兰地互换起来试试看，五加皮装在白兰地瓶子里，也还是五加皮。

《准风月谈·重三感旧》

我明知道几个人做事，真出于"为天下"是很少的。但人于现状，总该有点不平，反抗，改良的意思。只这一点共同目的，便可以合作。即使含些"利用"的私心，也不妨，利用别人，又给别人做点事，说得好看一点，就是"互助"。

1925年6月13日致许广平

现在做人，似乎只能随时随手做点有益于人之事，倘其不能，就做些利己而不损人之事，又不能，则做些损人利己之事。只有损人不利己的事，我是反对的，如强盗放火是也。

1933年6月18日致曹聚仁

这拉纤或把舵的好方法，虽然也可以口谈，但大抵得益于实验，无论怎么看风看水，目的只是一个：向前。

《且介亭杂文·门外文谈》

自己年纪大了，但也曾年轻过，所以明白青年的不顾前后，激烈的热情，也了解中年的怀着同情，却又不能不有所顾虑的苦心孤诣。

1936年2月21日致曹聚仁

其实，中国人谁没有迷信，只是那迷信迷得没出息了，所以别人倒不注意。……与其迷信，模胡不如认真。倘如相信鬼还要用钱，我赞成北宋人似的索性将铜钱埋到地里去，现在那么的烧几个纸锭，却已经不但是骗别人，骗自己，而且简直是骗鬼了。中国有许多事情都只剩下一个空名和假样，就为了不认真的缘故。

《花边文学·〈如此广州〉读后感》

因为旧物很少，执著也就不深，时势一移，蜕变极易，在任何时候，都能适合于生存。不像幸存的古国，恃着固有而陈旧的文明，害得一切硬化，终于要走到灭亡的路。

《译文序跋集·〈出了象牙之塔〉后记》

在这排日声中，我敢坚决的向中国的青年进一个忠告，就是：日本人是很有值得我们效法之处的。譬如关于他的本国和东三省，他们平时就有很多的书，——但目下投机印出的书，却应除外，——关于外国的，那自然更不消说。我们自己有什么？除了墨子为飞机鼻祖，中国是四千年的古国这些没出息的梦话而外，所有的是什么呢？

《集外集拾遗补编·"日本研究"之外》

中国倘不彻底地改革，运命总还是日本长久，这是我所相信的;并以为为旧家子弟而衰落,灭亡,并不比为新发户而生存,发达者更光彩。

《译文序跋集·〈出了象牙之塔〉后记》

中国如不改革,还是日本的运命长久。

外国人的知道我们,常比我们自己知道得更清楚。试举一个极近便的例,则中国人自编的《北京指南》,还是日本人做的《北京》精确!

《华盖集·忽然想到(十一)》

我们当然要研究日本,但也要研究别国,免得西藏失掉了再来研究英吉利(照前例,那时就改称"英夷"),云南危急了再来研究法兰西。也可以注意些现在好像和我们毫无关系的德,奥,匈，比……尤其是应该研究自己：我们的政治怎样，经济怎样，文化怎样，社会怎样，经了连年的内战和"正法"，究竟可还有四万万人了？

《集外集拾遗补编·"日本研究"之外》

平和的改革家之在静待神人一般的先驱，君子一般的大众者，其实就为了惩于世间有这样的事实。

《译文序跋集·〈毁灭〉后记》

中国人的性情是总喜欢调和，折中的。譬如你说，这屋子太暗，须在这里开一个窗，大家一定不允许的。但如果你主张拆掉屋顶，他们就会来调和，愿意开窗了。没有更激烈的主张，他们

202

总连平和的改革也不肯行。

《三闲集·无声的中国》

中国一切旧物,无论如何,定必崩溃;倘能采用新说,助其变迁,则改革较有秩序,其祸必不如天然崩溃之烈。而社会守旧,新党又行不顾言,一盘散沙,无法粘连,将来除无可收拾外,殆无他道也。

1920年5月4日致宋崇义

易举和难行是改革者的两大派。同是不满于现状,但打破现状的手段却大不同:一是革新,一是复古。同是革新,那手段也大不同:一是难行,一是易举。这两者有斗争。难行者的好幌子,一定是完全和精密,借此来阻碍易举者的进行,然而它本身,却因为是虚悬的计划,结果总并无成就:就是不行。这不行,可又正是难行的改革者的慰藉,因为它虽无改革之实,却有改革之名。

《且介亭杂文二集·论新文字》

有些改革者,是极爱谈改革的,但真的改革到了身边,却使他恐惧。惟有大谈难行的改革,这才可以阻止易举的改革的到来,就是竭力维持着现状,一面大谈其改革,算是在做他那完全的改革的事业。这和主张在床上学会了浮水,然而再去游泳的方法,其实是一样的。

《且介亭杂文二集·论新文字》

我们从古以来，就有埋头苦干的人，有拚命硬干的人，有为民请命的人，有舍身求法的人，……虽是等于为帝王将相作家谱的所谓"正史"，也往往掩不住他们的光耀，这就是中国的脊梁。这一类的人们，就是现在也何尝少呢？他们有确信，不自欺；他们在前仆后继的战斗，不过一面总在被摧残，被抹杀，消灭于黑暗中，不能为大家所知道罢了。说中国人失掉了自信力，用以指一部分人则可，倘若加于全体，那简直是诬蔑。要论中国人，必须不被搽在表面的自欺欺人的脂粉所诓骗，却看看他的筋骨和脊梁。自信力的有无，状元宰相的文章是不足为据的，要自己去看地底下。

《且介亭杂文·中国人失掉自信力了吗》

多有"不耻最后"的人的民族，无论什么事，怕总不会一下子就"土崩瓦解"的，我每看运动会时，常常这样想：优胜者固然可敬，但那虽然落后而仍非跑至终点不止的竞技者，和见了这样竞技者而肃然不笑的看客，乃正是中国将来的脊梁。

《华盖集·这个与那个》

老先生们保存现状，连在黑屋子开一个窗也不肯，还有种种不可开的理由，但倘有人要来连屋顶也掀掉它，他这才魂飞魄散，设法调解，折中之后，许开一个窗，但总在觑机想把它塞起来。

1935年4月10日致曹聚仁

诚然，必须敢于正视，这才可望敢想，敢说，敢作，敢当。倘使并正视而不敢，此外还能成什么气候。然而，不幸这一种勇气，是我们中国人最所缺乏的。但现在我所想到的是别一方面——中国的文人，对于人生，——至少是对于社会现象，向来就多没有正视的勇气。

《坟·论睁了眼看》

有人说，我们中国是有一种"特别国情"。——中国人是否真是这样"特别"，我是不知道，不过我听得有人说，中国人是这样。——倘使这话是真的，那么，据我看来，这所以特别的原因，大概有两样。第一，是因为中国人没记性，因为没记性，所以昨天听过的话，今天忘记了，明天再听到，还是觉得很新鲜。做事也是如此，昨天做坏了的事，今天忘记了，明天做起来，也还是"仍旧贯"的老调子。第二，是个人的老调子还未唱完，国家却已经灭亡了好几次了。何以呢？我想，凡有老旧的调子，一到有一个时候，是都应该唱完的，凡是有良心，有觉悟的人，到一个时候，自然知道老调子不敢再唱，将它抛弃。但是，一般以自己为中心的人们，却决不肯以民众为主体，而专图自己的便利，总是三翻四复的唱不完。于是，自己的老调子固然唱不完，而国家却已被唱完了。

《集外集拾遗·老调子已经唱完》

幸而谁也不敢十分决定说：国民性是决不会改变的。在这"不可知"中，虽可有破例——即其情形为从来所未有——的灭亡的恐怖，也可以有破例的复生的希望,这或者可作改革者的一点慰藉罢。但这一点慰藉,也会勾消在许多自诩古文明者流的笔上,淹死在许多诬告新文明者流的嘴上,扑灭在许多假冒新文明者流的言动上,因为相似的老例,也是"古已有之"的。其实这些人是一类,都是伶俐人,也都明白,中国虽完,自己的精神是不会苦的,——因为都能变出合式的态度来。倘有不信,请看清朝的汉人所做的颂扬武功的文章去,开口"大兵",闭口"我军",你能料得到被这"大兵""我军"所败的就是汉人的么?你将以为汉人带了兵将别的一种什么野蛮腐败民族歼灭了。然而这一流人是永远胜利的,大约也将永久存在。在中国,惟他们最适于生存,而他们生存着的时候,中国便永远免不掉反复着先前的运命。

《华盖集·忽然想到(四)》

"安贫"诚然是天下太平的要道,但倘使无法指定究竟的运命,总不能令人死心塌地。现在的优生学,本可以说是科学的了,中国也正有人提倡着,冀以济运命说之穷,而历史又偏偏不挣气,汉高祖的父亲并非皇帝,李白的儿子也不是诗人;还有立志传,絮絮叨叨的在对人讲西洋的谁以冒险成功,谁又以空手致富。运命说之毫不足以治国平天下,是有明明白白的履历的。倘若还要用它来做工具,那中国的运命可真要"穷"极无聊了。

《且介亭杂文·运命》

是故将生存两间,角逐列国是务,其首在立人,人立而后凡事举;若其道术,乃必尊个性而张精神。假不如是,槁丧且不俟夫一世。

《坟·文化偏至论》

明哲之士,必洞达世界之大势,权衡校量,去其偏颇,得其神明,施之国中,翕合无间。外之既不后于世界之思潮,内之仍弗失固有之血脉,取今复古,别立新宗,人生意义,致之深邃,则国人之自觉至,个性张,沙聚之邦,由是转为人国。人国既建,乃始雄厉无前,屹然独见于天下,更何有于肤浅凡庸之事物哉?

《坟·文化偏至论》

不满是向上的车轮,能够载着不自满的人类,向人道前进。多有不自满的人的种族,永远前进,永远有希望。多有只知责人不知反省的人的种族,祸哉祸哉!

《热风·随感录六十一》

所以当今急务之一,是在养成勇敢而明白的斗士,我向来即常常注意于这一点,虽然人微言轻,终无效果。

1934年6月9日致杨霁云

别人我不得而知,在我自己,总仿佛觉得我们人人之间各有一道高墙,将各个分离,使大家

鲁迅箴言·改革

的心无从相印。这就是我们古代的聪明人,即所谓圣贤,将人们分为十等,说是高下各不相同。其名目现在虽然不用了,但那鬼魂却依然存在,并且,变本加厉,连一个人的身体也有了等差,使手对于足也不免视为下等的异类。造化生人,已经非常巧妙,使一个人不会感到别人的肉体上的痛苦了,我们的圣人和圣人之徒却又补了造化之缺,并且使人们不再会感到别人的精神上的痛苦。

《集外集·俄文译本〈阿Q正传〉序及著者自叙传略》

惟有民魂是值得宝贵的,惟有他发扬起来,中国才有真进步。

《华盖集续编·学界的三魂》

大概两三年前，正值一种爱国运动的时候罢，偶见一篇它的社论，大意说，一国当衰弊之际，总有两种意见不同的人。一是民气论者，侧重国民的气概，一是民力论者，专重国民的实力。前者多则国家终亦渐弱，后者多则将强。我想，这是很不错的；而且我们应该时时记得的。

《华盖集·忽然想到（十）》

　　可惜中国历来就独多民气论者，到现在还如此。如果长此不改，"再而衰，三而竭"，将来会连辩诬的精力也没有了。所以在不得已而空手鼓舞民气时，尤必须同时设法增长国民的实力，还要永远这样的干下去。因此，中国青年负担的烦重，就数倍于别国的青年了。因为我们的古人将心力大抵用到玄虚漂渺平稳圆滑上去了,便将艰难切实的事情留下,都待后人来补做,要一人兼做两三人,四五人,十百人的工作,现在可正到了试练的时候了。

《华盖集·忽然想到(十)》

一切事物,在转变中,是总有多少中间物的。动植之间,无脊椎和脊椎动物之间,都有中间物;或者简直可以说,在进化的链子上,一切都是中间物。

《坟·写在坟后面》

呼唤血和火的,咏叹酒和女人的,赏味幽林和秋月的,都要真的神往的心,否则一样是空洞。人多是"生命之川"之中的一滴,承着过去,向着未来，倘不是真的特出到异乎寻常的，便都不免并含着向前和反顾。

《集外集拾遗·〈十二个〉后记》

无论如何，不革新，是生存也为难的，而况保古。现状就是铁证，比保古家的万言书有力得多。我们目下的当务之急，是：一要生存，二要温饱，三要发展。苟有阻碍这前途者，无论是古是今，是人是鬼，是《三坟》《五典》，百宋千元，天球河图，金人玉佛，祖传丸散，秘制膏丹，全都踏倒他。保古家大概总读过古书，"林回弃千金之璧，负赤子而趋"，该不能说是禽兽行为罢。那么，弃赤子而抱千金之璧的是什么？

《华盖集·忽然想到（六）》

我想种族的延长，——便是生命的连续，——的确是生物界事业里的一大部分。何以要延长呢？不消说是想进化了。但进化的途中总须新陈代谢。所以新的应该欢天喜地的向前走去，这便是壮，旧的也应该欢天喜地的向前走去，这便是死；各各如此走去，便是进化的路。老的让开道，催促着，奖励着，让他们走去。路上有深渊，便用那个死填平了，让他们走去。少的感谢他们填了深渊，给自己走去；老的也感谢他们从我填平的深渊上走去。

《热风·随感录四十九》

　　我想，人猿同源的学说，大约可以毫无疑义

了。但我不懂，何以从前的古猴子，不都努力变人，却到现在还留着子孙，变把戏给人看。还是那时竟没有一匹想站起来学说人话呢？还是虽然有了几匹，却终被猴子社会攻击他标新立异，都咬死了；所以终于不能进化呢？

《热风·随感录四十一》

在我们不从容的人们的世界中，实在没有那许多工夫来摆臭绅士的臭架子了，要做就做，与其说明年喝酒，不如立刻喝水；待廿一世纪的剖拨戮尸，倒不如马上就给他一个嘴巴。至于将来，自有后起的人们，决不是现在人即将来所谓古人的世界，如果还是现在的世界，中国就会完！

《华盖集续编·有趣的消息》

我们所可以自慰的，想来想去，也还是所谓对于将来的希望。希望是附丽于存在的，有存在，便有希望，有希望，便是光明。如果历史家的话不是诳话，则世界上的事物可还没有因为黑暗而长存的先例。黑暗只能附丽于渐就灭亡的事物，一灭亡，黑暗也就一同灭亡了，它不永久。然而将来是永远要有的，并且总要光明起来；只要不做黑暗的附着物，为光明而灭亡，则我们一定有悠久的将来，而且一定是光明的将来。

《华盖集续编·记谈话》

　　中国的事，此退一步，而彼不进者极少，大抵反进两步，非力批其颊，彼决不止步也。我说中国人非中庸者，亦因见此等事太多之故。

1935年1月17日致曹聚仁

世间有一种无赖精神，那要义就是韧性。听说拳匪乱后，天津的青皮，就是所谓无赖者很跋扈，譬如给人搬一件行李，他就要两元，对他说这行李小，他说要两元，对他说道路近，他说要两元，对他说不要搬了，他说也仍然要两元。青皮固然是不足为法的，而那韧性却大可以佩服。

《坟·娜拉走后怎样》

梦是好的；否则，钱是要紧的。钱这个字很难听，或者要被高尚的君子们所非笑，但我总觉得

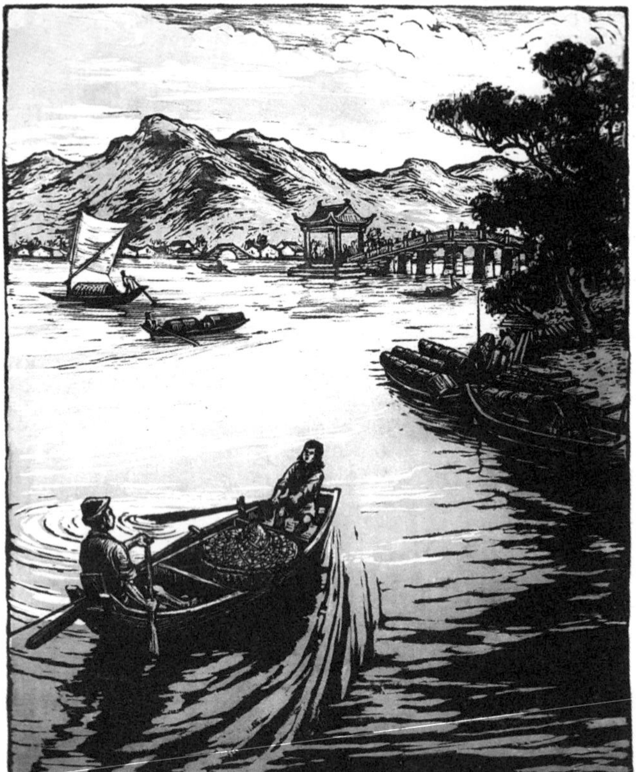

人们的议论是不但昨天和今天,即使饭前和饭后,也往往有些差别。凡承认饭需钱买,而以说钱为卑鄙者,倘能按一按他的胃,那里面怕总还有鱼肉没有消化完,须得饿他一天之后,再来听他发议论。

《坟·娜拉走后怎样》

天下事尽有小作为比大作为更烦难的。譬如现在似的冬天,我们只有这一件棉袄,然而必须救助一个将要冻死的苦人,否则便须坐在菩提树下冥想普度一切人类的方法去。普度一切人类和救活一人,大小实在相去太远了,然而倘叫我挑选,我就立刻到菩提树下去坐着,因为免得脱下唯一的棉袄来冻杀自己。所以在家里说要参政权,是不至于大遭反对的,一说到经济的平匀分配,或不免面前就遇见敌人,这就当然要有剧烈的战斗。

《坟·娜拉走后怎样》

人自然要办"公",然而总须大家都办,倘人们偷懒,而只有几个人拚命,未免太不"公"了,就该适可而止,可以省下的路少走几趟,可以不管的事少做几件,这并非昧了良心,自己也是国民之一,应该爱惜的,谁也没有要求独独几个人应该做得劳苦而死的权利。

1926年10月28日致许广平

但空谈之类,是谈不久,也谈不出什么来

的，它终必被事实的镜子照出原形，拖出尾巴而去。

1934年12月10日致萧军、萧红

中国者，中国人之中国。可容外族之研究，不容外族之探捡；可容外族之赞叹，不容外族之觊觎者也。然彼不惮重茧，入吾内地，狼顾而鹰睨，将胡为者？诗曰："子有钟鼓，弗鼓弗考。宛其死矣，他人是保。"

《集外集拾遗补编·中国地质略论》

凡是愚弱的国民，即使体格如何健全，如何茁壮，也只能做毫无意义的示众的材料和看客，病死多少是不必以为不幸的。所以我们的第一要著,是在改变他们的精神。

《呐喊·自序》

凡有读过一点古书的人都有这一种老手段:新起的思想,就是"异端",必须歼灭的,待到它奋斗之后,自己站住了,这才寻出它原来与"圣教同源";外来的事物,都要"用夷变夏",必须排除的,但待到这"夷"入主中夏,却考订出来了,原来连这"夷"也还是黄帝的子孙。

《华盖集续编·古书与白话》

天才并不是自生自长在深林荒野里的怪物,是由可以使天才生长的民众产生,长育出来的,所以没有这种民众,就没有天才。……在要求天才的产生之前,应该先要求可以使天才生长的民众。——譬如想有乔木,想看好花,一定要有好土;没有土,便没有花木了;所以土实在较花木还重要。花木非有土不可,正同拿破仑非有好兵不可一样。

《坟·未有天才之前》

我们为传统思想所束缚,听到被评为"幼稚"便不高兴。但"幼稚"的反面是什么呢?好一点是"老成",坏一点就是"老狯"。

《译文序跋集·〈信州杂记〉译者附记》

即使天才,在生下来的时候的第一声啼哭,也和平常的儿童的一样,决不会就是一首好诗。因为幼稚,当头加以戕贼,也可以萎死的。……

幼稚对于老成，有如孩子对于老人，决没有什么耻辱；作品也一样，起初幼稚，不算耻辱的。

《坟·未有天才之前》

至于幼稚，尤其没有什么可羞，正如孩子对于老人，毫没有什么可羞一样。幼稚是会生长，会成熟的，只不要衰老，腐败，就好。倘说待到纯熟了才可以动手，那是虽是村妇也不至于这样蠢。她的孩子学走路，即使跌倒了，她决不至于叫孩子从此躺在床上，待到学会了走法再下地面来的。

《三闲集·无声的中国》

泥土和天才比，当然是不足齿数的，然而不

是坚苦卓绝者,也怕不容易做;不过事在人为,比空等天赋的天才有把握。这一点,是泥土的伟大的地方,也是反有大希望的地方。而且也有报酬,譬如好花从泥土里出来,看的人固然欣然的赏鉴,泥土也可以欣然的赏鉴,正不必花卉自身,这才心旷神怡的——假如当作泥土也有灵魂的说。

《坟·未有天才之前》

太伟大的变动,我们会无力表现的,不过这也无须悲观,我们即使不能表现他的全盘,我们可以表现它的一角,巨大的建筑,总是一木一石叠起来的,我们何妨做做这一木一石呢?我时常做些另碎事,就是为此。

1935年6月29日致赖少麒

230

我愤激的话多，有时几乎说："宁我负人，毋人负我。"然而自己也觉得太过，做起事来或者且正与所说的相反。人也不能将别人都作坏人看，能帮也还是帮，不过最好是"量力"，不要拼命就是了。

1926年11月15日致许广平

即使并非中国所固有的罢，只要是优点，我们也应该学习。即使那老师是我们的仇敌罢，我们也应该向他学习。我在这里要提出现在大家所不高兴说的日本来，他的会摹仿，少创造，是为中国的许多论者所鄙薄的，但是，只要看看他们的出版物和工业品，早非中国所及，就知道"会摹仿"决不是劣点，我们正应该学习这"会摹仿"

的。"会摹仿"又加以有创造,不是更好么?

《且介亭杂文·从孩子的照相说起》

外来的东西,单取一件,是不行的,有汽车也须有好道路,一切事总免不掉环境的影响。文学——在中国的所谓新文学,所谓革命文学,也是如此。

《三闲集·现今的新文学的概观》

旧形式是采取,必有所删除,既有删除,必有所增益,这结果是新形式的出现,也就是变革。

《且介亭杂文·论"旧形式的采用"》

新的艺术,没有一种是无根无蒂,突然发生

的，总承受着先前的遗产，有几位青年以为采用便是投降，那是他们将"采用"与"模仿"并为一谈了。中国及日本画入欧洲，被人采取，便发生了"印象派"，有谁说印象派是中国画的俘虏呢？专学欧洲已有定评的新艺术，那倒不过是模仿。

1934年4月9日致魏猛克

我们要拿来。我们要或使用，或存放，或毁灭。那么，主人是新主人，宅子也就会成为新宅子。然而首先要这人沉着，勇猛，有辨别，不自私。没有拿来的，人不能自成为新人，没有拿来的，文艺不能自成为新文艺。

《且介亭杂文·拿来主义》

采用外国的良规,加以发挥,使我们的作品更加丰满是一条路;择取中国的遗产,融合新机,使将来的作品别开生面也是一条路。

《且介亭杂文·〈木刻纪程〉小引》

中国人要在这世界上生存,那些识得《十三经》的名目的学者,"灯红"会对"酒绿"的文人,并无用处,却全靠大家的切实的智力,是明明白白的。

《且介亭杂文·中国语文的新生》

诚然,老百姓虽然不读诗书,不明史法,不解在瑜中求瑕,屎里觅道,但能从大概上看,明黑白,辨是非,往往有决非清高通达的士大夫所可几及之处的。

《且介亭杂文二集·题未定草(九)》

总之，单是话不行，要紧的是做。要许多人做：大众和先驱；要各式的人做：教育家，文学家，言语学家……。这已经迫于必要了，即使目下还有点逆水行舟，也只好拉纤；顺水固然好得很，然而还是少不得把舵的。这拉纤或把舵的好方法，虽然也可以口谈，但大抵得益于实验，无论怎么看风看水，目的只是一个：向前。

《且介亭杂文·门外文谈》

战士的日常生活，是并不全部可歌可泣的，然而又无不和可歌可泣之部相关联，这才是实际上的战士。

《且介亭杂文末编·"这也是生活……"》

必须敢于正视,这才可望敢想,敢说,敢作,敢当。倘使并正视而不敢,此外还能成什么气候。

《坟·论睁了眼看》

战斗当首先守住营垒,若专一冲锋,而反遭覆灭,乃无谋之勇,非真勇也。

1933年6月26日致榴花社

人生却不在拼凑,而在创造,几千百万的活人在创造。

《准风月谈·难得糊涂》

第一次吃螃蟹的人是很可佩服的,不是勇士谁敢去吃它呢?螃蟹有人吃,蜘蛛一定也有人吃过，不过不好吃，所以后人不吃了。像这种人我们当极端感谢的。

《集外集拾遗·今春的两种感想》

真的猛士，敢于直面惨淡的人生，敢于正视淋漓的鲜血。

《华盖集续编·记念刘和珍君》

想在现今的世界上，协同生长，挣一地位，即须有相当的进步的智识，道德，品格，思想，才能够站得住脚：这事极须劳力费心。

《热风·随感录三十六》

对手如凶兽时就如凶兽，对手如羊时就如羊！

那么，无论什么魔鬼，就都只能回到他自己的地狱里去。

《华盖集·忽然想到（七）》

觉醒的人，此后应将这天性的爱，更加扩张，更加醇化；用无我的爱，自己牺牲于后起新人。

《坟·我现在怎样做父亲》

不是正因为黑暗，正因为没有出路，所以要革命的么？倘必须前面贴着"光明"和"出路"的包票，这才雄赳赳地去革命，那就不但不是革命者，简直连投机家都不如了。虽是投机，成败之数也不能预卜的。

《三闲集·铲共大观》

反改革者对于改革者的毒害，向来就并未放松过，手段的厉害也已经无以复加了。只有改革者却还在睡梦里，总是吃亏，因而中国也总是没有改革，自此以后，是应该改换些态度和方法的。

《坟·论"费厄泼赖"应该缓行》

改革自然常不免于流血，但流血非即等于改革。血的应用，正如金钱一般，吝啬固然是不行的，浪费也大大的失算。

《华盖集续编·空谈》

世界的进步，当然大抵是从流血得来。但这

和血的数量,是没有关系的,因为世上也尽有流血很多,而民族反而渐就灭亡的先例。

《华盖集续编·"死地"》

用玩笑来应付敌人,自然也是一种好战术,但触着之处,须是对手的致命伤,否则,玩笑终不过是一种单单的玩笑而已。

《花边文学·玩笑只当它玩笑(上)》

我看一切理想家,不是怀念"过去",就是希望"将来",而对于"现在"这一个题目,都缴了白卷,因为谁也开不出药方。所有最好的药方,即所谓"希望将来"的就是。

1925年3月18日致许广平

几个读书人在书房里商量出来的方案,固然大抵行不通,但一切都听其自然,却也不是好办法。

《且介亭杂文·门外文谈》

时代环境全部迁流,并且进步,而个人始终如故,毫无长进,这才谓之"落伍者"。倘若对于时代环境,怀着不满,要它更好,待较好时,又要它更更好,即不当有"落伍者"之称。因为世界上改革者的动机,大抵就是这对于时代环境的不满的缘故。

1925年3月23日致许广平

长者须是指导者协商者,却不该是命令者。不但不该责幼者供奉自己;而且还须用全副精神,专为他们自己,养成他们有耐劳作的体力,纯洁高尚的道德,广博自由能容纳新潮流的精神,也就是能在世界新潮中游泳,不被淹没的力量。

《坟·我们现在怎样做父亲》

在我自己,觉得中国现在是一个进向大时代的时代。但这所谓大,并不一定指可以由此得生,而也可以由此得死。

许多为爱的献身者,已经由此得死。在其先,玩着意中而且意外的血的游戏,以愉快和满意,以及单是好看和热闹,赠给身在局内而旁观的人们；但同时也给若干人以重压。这重压除去的时候，不是死，就是生。这才是大时代。

《而已集·〈尘影〉题辞》

先觉的人，历来总被阴险的小人昏庸的群众迫压排挤倾陷放逐杀戮。中国又格外凶。然而酋长终于改了君主。君主终于预备立宪，预备立宪又终于变了共和了。喜欢暗夜的妖怪多，虽然能教暂时黯淡一点，光明却总要来。有如天亮，遮掩不住。想遮掩白费气力的。

《集外集拾遗补编·寸铁》

中国学共和不像，谈者多以为共和于中国不

宜；其实以前之专制，何尝相宜？专制之时，亦无忠臣，亦非强国也。

1920年5月4日致宋崇义

附录

鲁迅生平简表

▲一八八一年（清光绪七年辛巳）一岁

九月二十五日（夏历八月初三日）生于浙江省绍兴府会稽县东昌坊口新台门周家。取名樟寿，字豫山（后改豫才）。求学南京时改名树人。

▲一八八七年（光绪十三年丁亥）七岁

入家塾读书。

▲一八九二年（光绪十八年壬辰）十二岁

入三味书屋读书，塾师寿镜吾。

▲一八九三年（光绪十九年癸巳）十三岁

秋后祖父周福清（字介孚，同治十年进士）因科场贿赂案入狱。周家变卖产业营救。鲁迅避难于亲戚家。

▲一八九四年（光绪二十年甲午）十四岁

春回家，仍就读于三味书屋。冬受祖父科场案牵连被"斥革"在家的父亲周凤仪（又名文郁，字伯宜）病重。为了延医买药，常出入于当铺、药店。

▲一八九六年（光绪二十二年丙申）十六岁

十月十二日（夏历九月初六日）父亲病逝，终年三十七岁。

▲一八九八年（光绪二十四年戊戌）十八岁

五月往南京考入江南水师学堂，为试习生，

后补为三班正式生，分入管轮班。十月因不满于江南水师学堂风气，改考入江南陆师学堂附设的矿务铁路学堂。

▲一九〇二年（光绪二十八年壬寅）二十二岁

一月二十七日从矿路学堂毕业，成绩列一等第三名。二月中旬至三月中旬回乡探亲。三月二十四日经江南督练公所审核、两江总督批准赴日留学，本日自南京乘船经上海东渡日本。四月四日抵日本横滨，转赴东京。四月三十日入东京弘文学院普通科江南班学习。九月与同乡许寿裳（弘文学院浙江班）相识。

▲一九〇三年（光绪二十九年癸卯）二十三岁

三月剪去发辫，摄"断发照"。十月所译法国儒勒·凡尔纳的科幻小说《月界旅行》由东京进化社出版。

▲一九○四年(光绪三十年甲辰)二十四岁

四月在弘文学院结业。

九月入仙台医学专门学校。

▲一九○五年(光绪三十一年乙巳)二十五岁

继续在仙台医学专门学校学习。

▲一九○六年(光绪三十二年丙午)二十六岁

一月开始学习细菌学课程。在课间的"日俄战争教育幻灯片"中,看到日本兵杀害中国人而中国人麻木地充当看客的镜头及报纸相关报道,深受刺激,决定放弃医学学习,以文艺来改造国民的精神。三月从仙台医学专门学校退学,至东京与许寿裳等筹商文艺活动。五月与顾琅合编的《中国矿产志》由上海普及书局出版。夏秋间奉母命回国与绍兴府山阴县朱安女士结婚。

▲一九〇七年（光绪三十三年丁未）二十七岁

本年为河南留日学生主办的《河南》月刊撰写《人间之历史》（一九二六年编入文集《坟》时改题为《人之历史》）《摩罗诗力说》《科学史教篇》《文化偏至论》。

▲一九〇九年（清宣统元年己酉）二十九岁

三月与周作人合译的《域外小说集》第一册出版；七月续出第二册。

八月结束日本留学生活，回国。在杭州浙江两级师范学堂任生理学和化学教员。

▲一九一〇年（宣统二年庚戌）三十岁

七月辞浙江两级师范学堂教职。回绍兴。九月任绍兴府中学堂博物学教员，兼任监学。

▲一九一一年（宣统三年辛亥）三十一岁

五月赴日本促周作人夫妇回国，逗留半月余。夏辞绍兴府中学堂职。十一、十二月间接受以王金发为首的绍兴军政分府委任，任浙江山会初级师范学堂监督。

▲一九一二年（中华民国元年）三十二岁

二月辞山会初级师范学堂职。应中华民国临时政府教育总长蔡元培邀，赴南京任教育部部员。五月初离南京北上。八月二十一日教育部任命为佥事；二十六日，任命为社会教育司第一科科长。

▲一九一三年（中华民国二年）三十三岁

二月被教育部选聘为读音统一会会员。

▲一九一五年（中华民国四年）三十五岁

八月三日教育部指派参加通俗教育研究会；九月一日，被任命为通俗教育研究会小说股主任。

▲一九一八年（中华民国七年）三十八岁

四月二日《狂人日记》写成，发表于本年五月《新青年》杂志第四卷第五号，首次使用笔名"鲁迅"。

▲一九一九年（中华民国八年）三十九岁

十一月二十一日自宣武门外绍兴县馆迁居西直门内公用库八道湾十一号，与二弟周作人一家同住。十二月一日至二十九日返绍兴迁家至北京。

▲一九二〇年（中华民国九年）四十岁

八月先后被聘为北京大学、北京高等师范学校讲师。在北京大学任教期间，曾兼任该校研究所国学门委员会委员。

▲一九二一年(中华民国十年)四十一岁

十二月四日所作小说《阿Q正传》开始在北京《晨报副刊》连载,次年二月二日载毕。

▲一九二三年(中华民国十二年)四十三岁

七月十九日二弟周作人亲自送来决裂信。与周作人关系破裂。八月二日,由八道湾十一号迁居砖塔胡同六十一号。七月被聘为北京女子高等师范学校讲师(次年改聘为教授)。九月十七日任北京世界语专门学校董事会成员,开始在该校讲授中国小说史,至一九二五年三月。

▲一九二四年(中华民国十三年)四十四岁

五月二十五日自砖塔胡同六十一号迁居阜成门宫门口内西三条二十一号。自一九一三年起多次校勘《嵇康集》,至本年基本写定。七月七日应西北大学及陕西省教育厅之邀赴西安讲学，八月四日离西安返京。

▲一九二五年（中华民国十四年）四十五岁

五月十二日出席女师大学生自治会召开的师生联席会议，支持学生反对校长杨荫榆的运动。八月七日参加女师大师生组织的校务维持会。八月十四日被教育总长章士钊免除教育部佥事职。八月二十二日向平政院投递控告章士钊的诉状。十月确定与许广平的爱情关系。

▲一九二六年（中华民国十五年）四十六岁

一月十六日控告章士钊胜诉，平政院认为"免职之处分系属违法，应予取消"。教育部令"周树人暂署本部佥事"。三月二十六日因传言被列入北洋军阀政府通缉名单，离寓先后至莽原社、山本医院、德国医院、法国医院暂避。五月二日返寓。八月二十六日偕许广平同车离京,途经上海,鲁迅赴厦门,许往广州。八月小说集《彷徨》由北京北新书局出版。九月四日抵厦门。十二月三十一日辞厦门大学教职。九月至十二月编写讲义《中国文学史略》(后改题《汉文学史纲要》)。

▲一九二七年(中华民国十六年)四十七岁

一月十六日乘船离厦门。一月十八日抵广州,二月十日被中山大学任命为文学系主任兼教务主任。四月十五日为国民党右派在广州发动"四一五"事变,逮捕并屠杀民众,即赴中山大学参加主任紧急会议,营救被捕学生,无效。四月二十一日向中山大学提出辞职。此后至五月二十五日，又四次具函坚辞。九月二十七日偕许广平离广州赴上海。十月三日抵达。十月八日由旅馆迁入东横浜路景云里二十三号，与许广平开始同居生活。十二月十八日应蔡元培聘请，任国民政府大学院特约撰述员。一九三一年十二月被裁撤。

▲一九二八年（中华民国十七年）四十八岁

本年创造社、太阳社的部分成员与鲁迅就"革命文学"问题展开论争。

▲一九三〇年（中华民国十九年）五十岁

二月十三日参加中国自由运动大同盟成立大会，列名为发起人之一（其"宣言"发表所署日期为"十五日"）。二月十六日参加中国左翼作家联盟筹备会议。三月二日出席中国左翼作家联盟（简称"左联")成立大会,被选为常务委员,并作《对于左翼作家联盟的意见》的演讲。

▲一九三一年(中华民国二十年)五十一岁

一月二十日得悉柔石、殷夫、胡也频、冯铿和李伟森等人于十七日被捕消息后,离寓至黄陆路花园庄旅馆暂避;二月二十八日回寓。八月十七日请日本美术教师内山嘉吉为中国青年美术工作者讲授木刻技法,自任翻译,至二十二日止。

▲一九三二年(中华民国二十一年)五十二岁

一月三十日因"一·二八"战事,寓所受战火威胁,避居内山书店三楼;二月六日迁避英租界内山书店支店;三月十三日又迁大江南饭店;三月十九日返寓。

▲一九三三年（中华民国二十二年）五十三岁

一月六日出席中国民权保障同盟临时执行委员会会议；十七日被选为上海分会执行委员。二月十七日赴宋庆龄寓所参加欢迎英国作家萧伯纳的午餐会。四月十一日自拉摩斯公寓迁居施高塔路（今山阴路）大陆新村九号，直至逝世。十月三十日作《〈北平笺谱〉序》。《北平笺谱》（与郑振铎合编），于本年十二月出版。

▲一九三四年（中华民国二十三年）五十四岁

八月二十三日因内山书店职员被国民党当局配合租界捕房逮捕，离寓至千爱里（今山阴路二弄）暂避；九月十八日返寓。十二月作《〈十竹斋笺谱〉翻印说明》。鲁迅、西谛以"版画丛刊会"名义重印的明代胡正言《十竹斋笺谱》第一册，本月在北平印成。

▲一九三五年(中华民国二十四年)五十五岁

二月十五日始译俄国果戈理的小说《死魂灵》第一部,十月六日译毕,先陆续刊于《世界文库》,本年十一月由上海文化生活出版社出版,列为《译文丛书》之一。二月二十日为所编选的《中国新文学大系·小说二集》作序,三月二日毕。该书本年七月由上海良友图书印刷公司出版。

▲一九三六年(中华民国二十五年)五十六岁

九月二十日与郭沫若、茅盾、巴金等联名发表《文艺界同人为团结御侮与言论自由宣言》。十月八日抱病往青年会参观第二回全国木刻流动展览会,并与青年木刻工作者座谈。十月九日作《关于太炎先生二三事》。十月十五日发表《半夏小集》。十月十六日作《曹靖华译〈苏联作家七人集〉序》。十月十七日作《因太炎先生而想起的二三事》,是为最后一篇文章,未完。十月十九日病逝于上海大陆新村九号寓所。